AF296294

CHAQUE PIÈCE, 20 CENTIMES.
101ᵉ ᴇᴛ 102ᵉ ʟɪᴠʀᴀɪsᴏɴs.

THÉATRE CONTEMPORAIN ILLUSTRÉ

MICHEL LÉVY FRÈRES, ÉDITEURS,
RUE VIVIENNE, 2 BIS.

LES COSAQUES
DRAME EN CINQ ACTES ET NEUF TABLEAUX
PAR
MM. ALPH. ARNAULT ᴇᴛ LOUIS JUDICIS

REPRÉSENTÉ POUR LA PREMIÈRE FOIS, A PARIS, SUR LE THÉATRE DE LA GAITÉ, LE 24 NOVEMBRE 1853.

DISTRIBUTION DE LA PIÈCE.

LE COMTE MANZAROFF	MM. Arnault.	UN MARIÉ		MM. Maline.
MAURICE	Gouget.	UN GARÇON DE CAFÉ,		
DURIVEAU	Paulin Ménier.	UN MARCHAND DE JOURNAUX,	}	Aubry.
PANEL	Alexandre.	UN ENFANT		Le petit Vautier.
FÉDÉROWITCH	Emmanuel.	OLGA		Mᵐᵉ Naptal-Arnault.
LE COLONEL JACQUEMIN	Clément-Just.	Mᵐᵉ BLANCHARD		Lambquin.
LE MARQUIS DE BEAUFEU	Pépin.	LOUISE		Isabelle Constant.
RUSKOË	Julian.	MARION BORODINO		Léontine.
GEORGES	Josse.	ROSALBA		Anna.
M. MOUTONNET	Galabert.	UNE MARIÉE		Eliza.
M. PLANTUREUX	Blot.	UNE FEMME DU PEUPLE		Jouault.
KROKATCHCOFF	Améline.			
UN JEUNE HOMME A LA MODE	Thierry.			
RATANIEFF	Lahalle.			
UN OFFICIER DE COSAQUES	Rain.			

Premier Cosaque, Deuxième Cosaque, Soldats Français, Cosaques, Jeunes gens à la mode, Jeunes femmes à la mode. Un ménétrier, Paysans, Paysannes, Hommes et Femmes du peuple.

L'action se passe en février 1814, à Troyes.

ACTE I.
Premier Tableau.

LA CANTINE DE MARION.

La cantine de Marion, à Troyes ; au fond, à gauche, porte vitrée donnant sur le mail ; à droite, une grande fenêtre : entre la porte et la fenêtre, un comptoir garni. Tables et chaises de chaque côté du théâtre. A droite et à gauche, petites portes. A gauche, une fenêtre donnant sur le mail. A travers la porte et les fenêtres, on aperçoit la promenade vivement éclairée par le soleil. — Au lever du rideau, on entend un grand bruit au dehors. Le garçon de café est seul en scène et regarde par la fenêtre. — Plusieurs bourgeois traversent vivement le fond du théâtre.

SCÈNE I.
LE GARÇON DE CAFÉ, M. MOUTONNET, M. PLANTUREUX.

(M. Moutonnet entre vivement en scène suivi de près par M. Plantureux.)

PLANTUREUX.

Qu'y a-t-il donc, monsieur Moutonnet ?

MOUTONNET.

Ce qu'il y a, monsieur Plantureux ?... voilà ce qu'il y a : depuis que les Cosaques occupent notre pauvre ville de Troyes, depuis surtout qu'ils sont campés là, sur la promenade publique, nous avons chaque jour des rixes... des duels.

PLANTUREUX.

Des duels !... Eh bien ?

MOUTONNET.

Eh bien, eh bien !... je n'ai pas envie d'être arrêté comme duelliste, moi.

PLANTUREUX, riant.

Vous, monsieur Moutonnet ?... oh ! il n'y a pas de danger !

MOUTONNET.

Eh ! eh ! voisin... ça a bien failli m'arriver hier au soir.

PLANTUREUX.

Comment cela ?

MOUTONNET.

Nous sommes en sûreté ici... je puis vous raconter la chose : vous savez que les Cosaques occupent la ville de Troyes et les environs jusqu'à Lusigny. Or, j'avais obtenu un laissez-passer pour me rendre à ce village où j'avais affaire... En revenant, je traversais le bois de Créney, qui, comme vous le savez, s'étend jusqu'aux portes de la ville. J'avais pris le petit sentier qui longe la mare aux Biches, parce que c'est le plus court... Je cheminais bravement, non sans éprouver un peu de frayeur... voilà que, tout à coup, mon pied rencontre un obstacle; je me baisse et je vois... ah ! mon sang se glace encore rien que d'y penser !... je vois un cadavre entièrement nu, étendu sur le sol... je pousse un cri perçant... une patrouille de Cosaques qui passait non loin là, accourt à mon cri... on m'entoure, on m'interroge... je montre le cadavre du doigt... les Cosaques l'examinent, poussent un cri à leur tour; mais un cri de rage... puis, sans me donner le temps de me reconnaître... me saisissent et m'entraînent jusque dans leur camp... J'étais accusé d'avoir assassiné un Cosaque !

PLANTUREUX.

Mais vous avez prouvé votre innocence ?

MOUTONNET.

Ça n'a pas été sans peine... Le comte Manzaroff, un de leurs chefs, était furieux... il dit que c'est le neuvième qu'on trouve comme ça dans le bois depuis le commencement de la semaine... et nous ne sommes qu'au mardi !...

PLANTUREUX.

C'est étrange !

MOUTONNET.

Mais, ce qui est plus étrange encore, c'est que tous ces Cosaques ne sont atteints que d'un seul coup d'épée... là... (Il montre sa poitrine.) On dirait que la même main les a frappés... et puis, ils sont tous invariablement dépouillés de leurs uniformes !

PLANTUREUX.

Ce sont des voleurs, sans doute, qui commettent ces assassinats.

MOUTONNET.

Ce ne sont pas des assassinats, puisque je vous dis que la blessure est toujours là... en pleine poitrine.

PLANTUREUX.

C'est effrayant !

MOUTONNET.

Oui, c'est effrayant !... Ah ! je me souviendrai longtemps de la présente année mil huit cent quatorze... (Regardant au fond.) Mais je n'entends plus rien... la rue doit être tranquille... venez, monsieur Plantureux.

(Ils font un pas pour sortir. — A ce moment un grand Cosaque paraît au dehors, suivi de deux autres soldats cosaques. — Il s'arrête devant la porte et regarde l'enseigne.)

SCÈNE II.

Les Mêmes, KROKATCHCOFF, deux Cosaques.

KROKATCHCOFF, lisant.

« *Marion Borodino, vivandière...* » (Appelant.) Garçon !... Pourquoi ce nom sur l'enseigne de votre maison ? (Il entre.)

LE GARÇON.

Quel nom, monsieur le cosaque ?

KROKATCHCOFF.

Marion Borodino, vivandière ?

LE GARÇON.

Marion, c'est le nom de la bourgeoise... vivandière, c'est sa profession... Que faut-il servir à monsieur ?

KROKATCHCOFF, s'asseyant à la table de gauche.

Mais, Borodino ?

LE GARÇON.

Borodino ?... c'est le nom d'une bataille où...

SCÈNE III.

Les Mêmes, PANEL, DURIVEAU, plusieurs Soldats français DÉGUISÉS EN BOURGEOIS. (Duriveau et Panel portent la grande capote bleue boutonnée et le chapeau rond. Panel porte sous son bras un paquet enveloppé d'un mouchoir; Duriveau cache deux fleurets sous sa capote.)

PANEL, sur le seuil.

...Où les Russes ont été battus... (Se retournant vers Duriveau.) N'est-ce pas, monsieur Duriveau ?

DURIVEAU, le repoussant avec dignité.

Observez-vous, Panel !...

PANEL.

Mais, monsieur Duriveau...

DURIVEAU, avec sévérité.

Obtempérez-moi la faveur de vous taire.

PLANTUREUX, bas à Moutonnet.

Quels sont ces nouveaux venus ?

MOUTONNET, bas.

Deux soldats de la garde déguisés... (Regardant les autres soldats qui sont au fond.) Ah !... ceux-là aussi !... je les reconnais... les imprudents !... il ne fait pas bon ici, voisin, allons-nous-en ! (Ils s'esquivent sans bruit.)

KROKATCHCOFF.

De l'eau-de-vie !

DURIVEAU.

Borodino, voyez-vous, c'est le nom d'une bataille ousqu'il tombait tant de *flacons de neige*, qu'on n'en pouvait tenir ses fusils à cause des *engelures* qu'on en avait aux doigts. Nonobstant cette circonstance, messieurs les Russes ont trouvé qu'il y faisait trop chaud.

PANEL, à voix basse.

Mais non, vous vous trompez... A Borodino, il n'y avait pas de neige... même que l'Empereur a dit : *Enfants, c'est le soleil d'Austerlitz !*

DURIVEAU, vexé.

Obtempérez ! En Russie, qu'est un pays du nord, il y a toujours de la neige... Allons, offrez-moi la goutte. (Ils s'asseyent.)

KROKATCHCOFF.

Ah çà ! mais, ça ne m'explique pas...

DURIVEAU.

Pourquoi-z-on a baptisé Marion du nom de Borodino ? Je m'en vas vous le dire...

PANEL.

Et tant pis pour lui si ça le vexe !

KROKATCHCOFF.

Comment le savez-vous ?... Vous étiez donc à cette bataille ? Vous avez donc été soldat ?

DURIVEAU.

Moi ? J'en suis l'incapable ! Je suis l'original de Tours, en Touraine ; et, pour le moment, bourgeois de Troyes, en Champagne. Quant à la bataille, je ne connais que ça... Je l'ai-z-ouï raconter par mon oncle, qui est mort-z-au champ d'honneur ! (A Panel.) Comment donc que ça commence, petit ?

PANEL.

Eh bien ! monsieur Duriveau, c'était à la bataille de Borodino; les Russes, qui sont de meilleurs soldats que les Cosaques...

KROKATCHCOFF.

Hein ?

DURIVEAU.

Il n'y a pas d'hein !... C'est un fait reconnu par l'histoire. Continue, petit, ça va me revenir. (Il boit.)

PANEL.

Or, les Russes, qui sont de meilleurs soldats que les Cosaques, ne voulaient pas absolument nous laisser remporter la victoire... (Duriveau lui pousse le coude. — Panel se reprenant.) Je dis *nous*... parce que notre pauvre oncle parlait comme ça.

DURIVEAU, à part.

Il a des dispositions, ce petit ! (Haut.) Alors, pour lors, l'Empereur se dit : *Il faut lâcher mon premier chasseurs de la garde...* Qui fut dit fut fait. Le premier donne si bien, que le v'là-z-enfoncé au beau milieu de l'armée ennemie comme un coin dans un tronc d'arbre... Les balles sifflaient, qu'on aurait dit des merles, monsieur ! Tout d'un coup le drapeau tombe. On se jette dessus... A toi-z-à moi la paille de fer... On tire comme des chiens enragés qu'ont des mois... Mais une femme empoigne le drapeau. C'te femme, c'est Marion ! respect au sexe ! De voir ça, ça nous rallume ! Le drapeau-z-est repris... la boutique russe est enfoncée; le Français se couvre de lauriers sur toute la ligne. « *Soldats ! je suis content de vous,* » dit l'Empereur. Fin finale, et pour vous en finir, voilà pourquoi-z-et comment le régiment tout en-

tier-z-el sur le champ de bataille, a baptisé Marion *sous le bri-
quet* flatteur du nom glorieux de Borodino !

TOUS LES SOLDATS.

Bravo, Marion !

SCÈNE IV.

LES MÊMES, MARION.

MARION, entrant par la droite.

Qui m'appelle ? Voilà !

KROKATCHCOFF, se levant.

C'est égal, ce nom de Borodino est mal placé près d'un camp
de Cosaques.

MARION.

Alors, fichez votre camp... plus loin de ma maison, nom d'un
pompon !

KROKATCHCOFF.

Je ferai mon rapport.
(Il sort. — Quelques soldats déguisés sortent derrière lui et se le montrent
au doigt en faisant des gestes de menace. — Les deux autres Cosaques
restent assis à la table.)

MARION, furieuse ; à part.

Calmouk, va ! Et dire... qu'on ne peut rien dire !

UN COSAQUE.

De l'eau-de-vie !

MARION.

Voilà, mon chéri, voilà !

DURIVEAU, à Marion.

Salut, petite mère. (Lui donnant un paquet.) Motus ! serrez-moi ça
avec les autres, et prenez garde de le chiffonner.
(Il s'approche du comptoir et y glisse les deux fleurets.)

PANEL.

C'est du nanan... c'est des confitures.

MARION, riant.

Suffit... on mettra du papier sur les pots. (A Duriveau.) A propos,
qu'avez-vous donc fait de votre chien, monsieur Duriveau ?

DURIVEAU.

Caporal ? Il est resté-z-en arrière... Il aura flairé quelque Cosaque. (Regardant les Cosaques.) Vous savez qu'il les chérit.

MARION, bas.

Taisez-vous donc !
(Elle porte le paquet dans sa chambre et revient quelques instants après.)

DURIVEAU, s'approchant des Cosaques.

C'est-z-une habitude qui date de la Bérézina... C'est là que la
pauvre bête reçut d'un de ces messieurs un coup de baïonnette
dedans la cuisse, au-dessus de la *renoncule* du genou. Depuis lors,
Caporal ne peut plus sentir un Cosaque en peinture sans lui té-
moigner sa reconnaissance à sa manière.

PANEL, aux bourgeois et aux soldats déguisés.

Oui, c'est un chien étonnant : il flaire un Cosaque mieux qu'un
chien de chasse ne flaire un lièvre... N'est-ce pas, monsieur Duriveau ?

DURIVEAU, sévèrement.

Obtempérez... (Bas, et changeant de ton.) Après ça, petit, nous ne
sommes pas sous les armes, et tu as le droit de parler ne plus ne
moins que comme moi-même, toutefois si tes qualités intellectives
te le permettent, et principalement si t'as la politesse de m'offrir la
goutte.

PANEL.

Mais, sergent... (A part.) Je ne fais que ça !

LE COSAQUE.

De l'eau-de-vie !

MARION, à son Garçon.

Encore ! C'est la troisième bouteille. Je vas y mettre un peu
d'eau de Seine, ça les dégrisera.
(Elle prend un pot dans son comptoir et verse de l'eau dans la bouteille.)

LE COSAQUE.

De l'eau-de-vie !

MARION.

Voilà, mon Benjamin, voilà, cognac première qualité, du temps
de la comète !... Servez donc !
(On entend aboyer un chien au dehors.)

DURIVEAU.

Je parie que c'est Caporal qui a-z-encore des mots avec ces
messieurs.

SCÈNE V.

LES MÊMES, KROKATCHCOFF, DE BEAUFEU, UN JEUNE HOMME A
LA MODE, JEUNES GENS.

KROKATCHCOFF, rentrant effaré et se précipitant dans la salle. Il est poursuivi par
Caporal.

Retenez le chien... Retenez-le donc !

DURIVEAU, bas, à Caporal.

Kiss ! kiss ! (Haut.) Veux-tu lâcher, brigand !... Ici, ici, Caporal !
(Le chien vient à son maître avec un lambeau d'étoffe à la gueule.) Assis...
donne... bien... (Regardant le morceau.) Qu'est-ce que c'est que ça ?...
Un fond de culotte ?... à monsieur, sans doute ? (A Krokatchcoff.) Dé-
solé, monsieur, de l'inconséquence de ce *quadrupède*... (Lui présen-
tant le morceau.) Voici le fond de votre pantalon.

DE BEAUFEU.

Mais, c'est une infamie !... Quand on a un chien aussi féroce,
on le tient à l'attache... Des excuses !

PANEL, bas.

Il est bon là, le ci-devant !

LE JEUNE HOMME.

Le marquis de Beaufeu a raison.

MARION, à part.

Ça, un marquis !... Je le connais. C'est un bonnetier retiré.

TOUS.

Des excuses ! des excuses !

PANEL, bas, à Duriveau.

Oh ! sergent, entendez-vous ?

DURIVEAU, à Caporal.

Caporal, on te demande des excuses ? (Le chien grogne.) Caporal s'y
refuse, messieurs.

KROKATCHCOFF, furieux.

Ça ne se passera pourtant pas ainsi !

DE BEAUFEU.

Non ! non ! ça ne se passera pas ainsi !

DURIVEAU.

Je l'espère bien ! cré nom de nom !

MARION, bas.

Encore une querelle !... Duriveau, calmez-vous, mon vieux ;
pas pour vous, mais pour moi, à qui ça peut faire du tort.

DURIVEAU, bas.

Rassurez-vous, petite mère ; v'là z-une raison qui me cloue.
(Haut.) Allons, messieurs, Caporal a-z-eu tort... il vous offre ses
excuses.

DE BEAUFEU, riant.

Ah ! ah ! réflexion est mère de prudence, à ce qu'il paraît.

PANEL, bas.

Ah çà, qu'est-ce que vous faites donc, sergent ?

DURIVEAU, bas.

Obtempérez !... j'ai mon idée !

PANEL, à part.

Alors, c'est différent. Je les connais, les idées du sergent... c'est
crâne... c'est français... ça me va, quoi !

DURIVEAU, à Panel.

Allons, faites-vous l'honneur de faire une partie de piquet
z-avec moi.

PANEL, prenant les cartes.

Qu'est-ce que nous allons jouer, sergent ?

DURIVEAU, désignant Krokatchcoff.

Je vous joue le Cosaque en cent cinquante.

PANEL.

Oh ! fameux !... je comprends, celui qui gagnera...

DURIVEAU.

Obtempérez !

PANEL.

J'obtempère, sergent.
(Ils s'asseyent à la table de droite et jouent.)

DE BEAUFEU, au Cosaque.

Monsieur, vous êtes un brave, permettez-moi de vous offrir...

KROKATCHCOFF, regardant Duriveau et Panel.

Volontiers ; et je boirai avec vous à la prudence des bourgeois
français !

TOUS, *s'asseyant à la table de gauche.*

Vivat !

DE BEAUFEU.

Verse, Marion.

MARION.

Impossible, mon chéri... j'ai un rhumatisme... *torticulaire* dans les deux bras.

KROKATCHCOFF.

Alors, je verserai moi-même. (Il verse.) Là... et maintenant voilà pour guérir ton rhumatisme !

(Il lance la bouteille dans une glace qui vole en éclats.)

MARION, *à demi-voix.*

Canaille, va !

DE BEAUFEU.

C'est charmant ! c'est tout à fait régence, parole d'honneur !

DURIVEAU, *se levant.*

Quinte et quatorze, et le point ; j'ai gagné.

PANEL.

Cristi !... j'ai pas de chance !

DURIVEAU, *tirant tranquillement des ciseaux et une mesure de papier de sa poche, s'approchant du Cosaque et prenant mesure de sa taille.*

Dix-huit pouces... (Mesurant la hauteur du corps.) Une aune et demie...

KROKATCHCOFF, *se retournant.*

Que diable faites-vous là ?

DURIVEAU, *sans lui répondre, mesurant la circonférence de la taille.*

Trente-six pouces...

KROKATCHCOFF.

Répondrez-vous ?

DURIVEAU, *continuant.*

Quatorze... sept... trois...

KROKATCHCOFF, *furieux.*

Ah ! c'est trop fort !

(Il lui arrache sa mesure et la jette à terre.)

DURIVEAU, *ramassant sa mesure et la repliant tranquillement.*

Monsieur, je suis tailleur de mon état, je veux m'établir à Paris, au Temple... j'ai pris la mesure de votre habit, à cause que je vais être forcé d'y pratiquer un trou... et que par ainsi, ça me ferait bien de l'honneur si vous m'en commandiez un autre.

PANEL.

C'est-il tourné !... est-on heureux d'avoir sucé en nourrice des platines comme ça !

KROKATCHCOFF.

Ah ! voilà où vous vouliez en venir !... Eh bien, c'est ce que nous verrons !...

PANEL.

Où ça ?

KROKATCHCOFF.

Oui, où ça ?

DURIVEAU.

À la mare aux Biches... c'est un endroit charmant... je vous y invite à un déjeuner où l'on ne mangera que de l'acier.

(Il va prendre ses fleurets sous le comptoir.)

DE BEAUFEU.

Ah ! c'est une affaire d'honneur... (S'esquivant.) Messieurs, allons rejoindre nos dames.

KROKATCHCOFF, *à Duriveau.*

Marchez, je vous suis.

DURIVEAU.

Après vous, monsieur... vous êtes mon invité.

PANEL, *admirant Duriveau.*

A-t-il de l'esprit ! en a-t-il !...

(Ils sortent tous.)

PANEL, *du dehors.*

Viens, Caporal !... Tu ne seras pas de trop dans la conversation !

(Le chien saute par la fenêtre, et va rejoindre son maître.)

SCÈNE VI.

MARION, MAURICE.

MARION, *allant à Maurice qui paraît à la petite porte de gauche.*

Ils sont partis ! à présent, je peux vous serrer la main, mon commandant !

MAURICE.

Ma brave Marion !

MARION.

Mais quelle imprudence ! venir dans une ville qui depuis quinze jours est occupée par les Cosaques... si l'on vous reconnaissait, vous seriez perdu.

MAURICE.

Rassure-toi, je suis bien déguisé, et d'ailleurs, j'espère que nos ennemis n'y resteront pas longtemps. D'après ce que j'ai vu déjà, il me paraît qu'ils ne sont pas trop bien traités dans cette bonne capitale de la Champagne.

MARION.

Oui, il y a encore des braves gens dans la ville... et qui n'ont pas peur des sabres des Cosaques, allez. Mais ils ont fort à faire. C'est tous les jours des querelles... Tenez, hier, le général Durand, un vieux soldat retraité, couvert de blessures, a été tué en duel par un officier de Cosaques ; j'ai bien peur qu'il n'en arrive autant un de ces jours à Duriveau et à Panel, malgré la précaution qu'ils ont prise de se faire passer pour deux bons bourgeois. Leur caractère les trahit sans cesse... Ah ! quelles têtes ! quelles têtes !... Ce Duriveau surtout, quand il voit un Cosaque, c'est plus fort que lui... ça lui agace le système, comme il dit... et il fait comme son chien... il mord.

MAURICE.

Ils sont donc logés ici ?

MARION.

Ah ! mon Dieu, oui... Duriveau et Panel ont été blessés quand les Cosaques ont pris la ville. Maintenant qu'ils vont mieux, ils n'attendent plus qu'une occasion favorable pour rejoindre leur corps ; je leur ai loué une petite chambre là haut... qu'ils me paieront quand ils pourront... Une seule chose m'intrigue...

MAURICE.

Quoi donc ?

MARION.

Ce sont les petits paquets mystérieux de Duriveau... une fois, j'ai eu la curiosité d'en ouvrir un, et à ma grande surprise, j'ai reconnu, quoi ?... devinez ?... un uniforme de Cosaque !

MAURICE.

C'est singulier !... et tu ne lui as pas demandé ?...

MARION.

Si ! si !

MAURICE.

Que t'a-t-il répondu ?

MARION.

Qu'il songeait à s'établir... qu'il voulait louer une boutique de marchand d'habits au Temple, à Paris, et que c'était pour ça qu'il faisait collection d'habits... Vous pensez bien que je n'ai pas donné là-dedans.

MAURICE, *souriant.*

C'est assez invraisemblable en effet, et, dans tous les cas, son choix d'uniformes ne serait pas heureux pour la vente.

MARION.

C'est ce que je lui dis ; mais il s'obstine à ne rapporter que de ceux-là... Après ça, il ne les paye peut-être pas cher !... faudra que j'en cause avec madame Blanchard...

MAURICE.

Madame Blanchard ! la veuve du colonel Blanchard ?... elle est ici ?

MARION.

Oui. Elle voulait retourner à Paris, mais son accident l'a retenue.

MAURICE.

Quel accident ?

MARION.

Pauvre chère dame ! ce n'était pas assez de la perte de sa fille, il a fallu encore que le bon Dieu lui retirât la vue.

MAURICE.

Aveugle !

MARION.

Ah ! mon Dieu, oui, aveugle ! elle était fièrement malade quand elle est arrivée ici, il y a huit jours, mais elle va mieux. (Regardant par la fenêtre.) Tenez, la v'là qui vient de faire sa petite promenade dans le bois.

MAURICE.

Quelle est cette jeune fille qui l'accompagne ?

MARION.

C'est son ange sauveur... une jeune esclave russe... que le comte Manzaroff, son protecteur, a placée auprès d'elle depuis le jour où... Comment ! vous ne savez pas tout ça ?

MAURICE.

Le comte Manzaroff!... une esclave russe!... je ne connais pas
cette histoire.

MARION.

Eh ben, elle vous dira tout elle-même. Quant à cette petite,
c'est le caractère le plus cocasse qui existe : à moitié barbare, à
moitié civilisée, tantôt bonne jusqu'au dévouement, tantôt cruelle
et sauvage comme une vraie Cosaque qu'elle est. Je l'ai vue dans
une même journée se jeter à l'eau pour sauver un enfant qui se
noyait, et frapper de son couteau un pauvre chien désobéissant ;
je l'ai bien observée, allez! quelquefois elle a de drôles de z'yeux
en regardant madame Blanchard... on dirait de la haine, et puis,
d'autres fois, c'est doux, doux... comme si qu'elle avait un remords
à se faire pardonner... Tenez, la v'là, regardez!...
(On voit paraître à la porte du fond madame Blanchard, soutenue par Olga,
qui lui donne le bras. La jeune fille porte le costume pittoresque des
femmes cosaques.)

SCÈNE VII.

MAURICE, MARION, Mme BLANCHARD, OLGA.

MAURICE, examinant Olga.

C'est une physionomie étrange, en effet!... belle, pourtant,
dans sa simplicité sauvage!

OLGA, à Mme Blanchard.

Maîtresse, nous sommes arrivées. (A part.) Pourquoi donc ce jeune
homme me regarde t-il ainsi?

MARION.

Venez, venez, madame Blanchard, venez embrasser une vieille
connaissance, un ami!

Mme BLANCHARD.

Un ami... qui donc?...

MARION.

Le commandant Maurice!...

Mme BLANCHARD.

Vous, mon cher enfant!...

OLGA, à part, regardant fixement Maurice.

Le commandant Maurice...

MAURICE, embrassant Mme Blanchard et la faisant asseoir à droite.

Ma bonne madame Blanchard!

MARION.

C'est ça, embrassez-vous... moi, je vais donner un coup d'œil à
ma soupe.
(Elle sort par la petite porte à droite.)

Mme BLANCHARD.

Ah! j'ai bien souvent parlé de vous à Olga, allez! Et qu'êtes-
vous venu faire dans cette ville, imprudent?

MAURICE, baissant la voix.

J'y viens par ordre de...
(Il se penche à son oreille et lui dit un nom tout bas.)

Mme BLANCHARD.

Vrai! et vous l'avez vu, lui?

MAURICE, bas.

Oui.

Mme BLANCHARD, vivement.

Comment se porte-t-il?

MAURICE.

Bien, très-bien.

Mme BLANCHARD, avec joie.

Ah! Dieu protège encore la France!... puisque...
(Olga soulève la tête et écoute.)

MAURICE, bas.

Prenez garde!

Mme BLANCHARD.

Quoi donc?

MAURICE.

Cette jeune fille nous observe.

Mme BLANCHARD.

Olga!... Olga est un ange! elle est incapable de nous trahir...

MAURICE.

N'importe, c'est une étrangère... renvoyez-la.

Mme BLANCHARD.

Allons, puisque vous l'exigez... (A Olga.) Olga, mon enfant, tu
sais qu'il faut envoyer notre lettre... va demander à Marion ce
qu'il faut pour écrire... je t'attends ici, va.

OLGA.

Oui, maîtresse. (Elle s'incline et sort lentement par la porte à droite, les
yeux toujours fixés sur Maurice. A part, en sortant.) Le commandant Maurice!

SCÈNE VIII.

MAURICE, Mme BLANCHARD.

Mme BLANCHARD.

Ainsi, vous venez de Brienne... vous avez vu l'Empereur?...

MAURICE.

Plus bas, donc! oui, je l'ai vu, aussi calme qu'au temps de sa
puissance. Il semble puiser une nouvelle énergie dans les dangers
qui menacent la France. Partout où il est, l'espérance se ranime,
l'enthousiasme éclate et l'ennemi est vaincu! c'est la lutte terrible
et glorieuse du lion défendant son dernier asile... malheureusement
il ne peut suffire à tout : il lui faut le concours de ceux qui portent
encore dans le cœur la haine de l'étranger et l'amour de la patrie.
Voilà pourquoi le colonel Jacquemin, moi, et une vingtaine de soldats de la vieille garde, nous nous sommes introduits dans cette
ville sous divers déguisements. Nous avons appris que la plupart
des habitants de Troyes étaient prêts à exposer leur vie pour
chasser l'étranger, et nous avons juré à l'Empereur de les aider
dans cette entreprise ou de mourir avec eux!
(A ce moment Olga rentre doucement et paraît écouter.)

Mme BLANCHARD.

Prenez garde! le colonel Jacquemin est brave, téméraire jusqu'à
la folie!... prenez bien garde, mon enfant, vous êtes entouré d'es-
pions, peut-être... et...

MAURICE, apercevant Olga.

Chut!

Mme BLANCHARD.

Quoi donc?

MAURICE, bas.

L'esclave russe!
(Olga, voyant qu'on l'observe, s'avance tout à fait, et dépose sur la table
de gauche, du papier, de l'encre et des plumes.)

OLGA.

Voilà ce que vous m'avez demandé, maîtresse.

Mme BLANCHARD.

C'est bien, assieds-toi, mon enfant, et écris. (A Maurice.) Vous
permettez, n'est-ce pas? (bas.) Plus tard nous reprendrons notre
conversation.
(Maurice s'incline et prend un journal qu'il parcourt machinalement.)

Mme BLANCHARD, dictant.

« A monsieur le comte Manzaroff. »

MAURICE, s'avançant.

Manzaroff!... le chef des Cosaques qui occupent cette ville ?

Mme BLANCHARD.

Lui-même... le comte est mon bienfaiteur.

MAURICE.

Votre bienfaiteur!... Cet homme est, dit-on, aussi cruel que lâche... on l'a vu sur le champ de bataille frapper de son sabre des
ennemis désarmés qui lui criaient grâce... c'est un misérable!...
(Olga se lève toute droite et regarde Maurice avec indignation.—Maurice continue avec
plus de force.) Oui, un misérable!... (A Olga.) Ils ne comprennent pas
cela, vos barbares du Nord; mais chez nous, il n'y a pas de bra-
voure sans clémence, et nous tendons toujours une main généreuse à l'ennemi, quand nous l'avons abattu à nos pieds.

OLGA, baissant les yeux sous le regard de Maurice.

Le comte Manzaroff est mon maître.

Mme BLANCHARD, vivement.

Et tu as raison de le défendre, chère enfant. Maurice se trompe;
le comte est le meilleur, le plus généreux des hommes. L'année
dernière, lorsque dévorée d'inquiétude sur le sort de mon mari
dont je n'avais pas de nouvelles depuis plus de six mois, j'entre-
pris ce fatal voyage de Russie, avec ma douce et infortunée Louise...

MAURICE, étonné.

Louise !

Mme BLANCHARD.

C'est le nom de ma fille. Il n'est pas étonnant que vous l'ayez
oublié. Louise avait été la compagne de votre enfance; mais sé-
paré d'elle bien jeune encore, vous ne l'avez point connue jeune
fille... Nous arrivâmes, elle et moi, exténuées de fatigue sur les
frontières de la Pologne, remontant, comme on ferait d'un courant immense, les colonnes bouleversées de la grande armée. Au
milieu de la campagne, nous fûmes assaillies par des Cosaques. Ils
nous enlevèrent le peu d'argent qui nous restait... puis, ils nous
séparèrent violemment, ma fille et moi; je poussai un cri terrible
et je m'élançai de son côté... A ce moment, je vis une arme briller
sur sa tête... j'entendis un appel déchirant... puis je n'entendis

plus rien, je ne sentis plus rien... j'étais tombée sur le sol glacé, évanouie... morte !...

MAURICE.

Pauvre mère !

Mme BLANCHARD.

Quand je revins à moi... j'étais dans une cabane... une jeune fille me prodiguait des soins ; puis un homme entra, demandant avec intérêt de mes nouvelles... Cet homme, c'était le comte Manzaroff. La jeune fille, c'était Olga. J'appris que le comte m'avait sauvé la vie en m'arrachant des mains des Cosaques qui allaient m'assassiner. Quant à ma fille, elle avait disparu. Le lendemain, le comte, forcé de rejoindre ses troupes, me fit ses adieux, en me jurant qu'il retrouverait ma fille et qu'il me la rendrait morte ou vivante... Comme j'étais malade encore, et que ma vue affaiblie me permettait à peine de me conduire moi-même, il laissa près de moi sa fidèle Olga, en lui recommandant de veiller à tous mes besoins. Ah ! ce n'est pas là son moindre bienfait... car sans cette enfant dont le dévouement, les soins infatigables, ont remplacé pour moi ceux de ma pauvre fille, je serais morte aussi, Maurice !

(Elle prend la main d'Olga qui se lève brusquement.)

OLGA, avec contrainte.

Assez, maîtresse.

(Elle remonte vers le fond, et va s'appuyer sur une table, placée près de la fenêtre.)

MAURICE, observant Olga. A part.

C'est singulier... on dirait que ces éloges l'embarrassent ! que cette reconnaissance la gêne ! (Haut.) Mais Louise ?... Louise ?...

Mme BLANCHARD, se levant.

Hélas ! bien des jours s'écoulèrent dans ce misérable village sans m'apporter de nouvelles de ma fille... j'attendais toujours... une mère se lasse si difficilement !... Enfin, un soir, Olga me remit une lettre du comte Manzaroff. Aux premières lignes, j'eus un éblouissement douloureux, mêlé d'une sensation aiguë... j'avais lu que ma fille était morte !... Toutefois, doutant du témoignage de mes sens, je repris la lettre qui était tombée et qu'Olga me tendait d'une main tremblante... j'essayai de relire... impossible, des nuages obscurcissaient de plus en plus mon regard... bientôt la lumière cessa tout à fait de pénétrer dans mes yeux affaiblis par les veilles et par les larmes... j'étais aveugle !...

MAURICE.

Mais comment revîntes-vous en France ?

Mme BLANCHARD.

J'y revins conduite par Olga, qui exécutait avec une admirable religion les ordres de son maître ; aussi, en apprenant que le comte Manzaroff est ici, j'ai voulu lui écrire pour le remercier encore... c'est un étranger, c'est vrai... c'est un ennemi de la France, j'en conviens ; mais vous ne me blâmerez pas, Maurice, n'est-ce pas ? maintenant que vous savez ce qu'il a fait pour moi.

MAURICE.

Moi, vous blâmer, chère madame Blanchard ? Ah ! faites ce que vous dicte votre cœur.

(Il conduit madame Blanchard près de la table de gauche.)

SCÈNE IX.

Mme BLANCHARD, MAURICE, OLGA, RUSKOÉ.

(Ruskoë pousse mystérieusement la fenêtre du fond, et fait un signe à Olga, qui se retourne vivement.)

RUSKOÉ, bas.

As-tu la lettre ?

OLGA, bas.

Non, pas encore.

RUSKOÉ, bas.

Le maître attend.

OLGA, bas.

Je la lui porterai moi-même, va !

(Ruskoë disparaît, la fenêtre se referme.)

MAURICE, se retournant au bruit.

Qu'est-ce que cela signifie ?

SCÈNE X.

Mme BLANCHARD, MAURICE, OLGA.

Mme BLANCHARD.

Es-tu prête, Olga ?

OLGA, s'asseyant.

Oui, maîtresse.

Mme BLANCHARD, debout.

Écris... (Elle dicte.) « Monsieur le comte, vous avez été bon pour » moi... vous m'avez sauvé la vie, et vous avez placé près de la » pauvre aveugle un ange tutélaire... soyez béni ! mais si j'osais » vous demander encore une grâce, à vous, qui ne me devez rien, » pas même de la pitié, puisque je suis une étrangère pour vous, » ce serait de me laisser à tout jamais l'enfant que je me suis ha- » bituée à aimer comme une fille, et qui me consolerait, si cela » était possible, de la perte de ma pauvre Louise ! »

(Elle prend la tête d'Olga et l'embrasse doucement. — Olga s'arrête et passe la main sur ses yeux.)

MAURICE.

Olga, qu'avez-vous donc ?

OLGA, vivement.

Rien... (Se remettant à écrire.) Ma pauvre Louise...

Mme BLANCHARD, continuant.

« Faites cela, monsieur le comte, et la mère priera Dieu sur la » terre, pendant que la fille se joindra aux anges dans les cieux » pour veiller sur vos jours. » (A Olga.) Donne que je signe... (Olga se lève et lui donne la plume et le papier, elle signe. A Maurice.) Voyez donc, Maurice, si cette lettre est bien ?

MAURICE, repliant son journal.

Volontiers.

OLGA, à part.

Malheur !... s'il lit ce que je viens d'écrire, je suis perdue !...

(Elle prend la lettre et s'empresse de la plier.)

SCÈNE XI.

LES MÊMES, MARION, entrant vivement par la porte à droite.

MARION, arrêtant Maurice par le bras.

Le colonel Jacquemin est là... il veut vous parler à l'instant même.

MAURICE.

J'y vais. (A Mme Blanchard.) Madame Blanchard, excusez-moi... une affaire importante...

Mme BLANCHARD.

Allez... allez... mon enfant... et que Dieu vous protége...

MAURICE.

Au revoir, madame Blanchard, au revoir...

(Il sort par la droite.)

SCÈNE XII.

Mme BLANCHARD, OLGA, MARION, puis DE BEAUFEU, ROSALBA, UNE JEUNE FEMME et PLUSIEURS JEUNES GENS A LA MODE.

MARION, conduisant Mme Blanchard vers la porte de gauche.

Venez, madame Blanchard, passez par la petite porte, ce sera plus commode pour vous... il y a moins de foule de ce côté...

OLGA, à part, en sortant du même côté.

Allons, le maître sera content de moi... j'ai la lettre !...

(Elles sortent. — Les promeneurs entrent dans la salle et se placent aux tables.)

DE BEAUFEU, de la porte.

Entrez ! entrez ! mesdames, vous pourrez vous rafraîchir.

ROSALBA.

Ma foi, je ne demande pas mieux, cette partie d'ânes m'a fort altérée !

DE BEAUFEU, s'appuyant à la table de droite.

De la bière et des échaudés pour ces dames !

MARION, rentrant.

Voilà ! voilà !... (A ce moment, Caporal paraît tout seul à l'entrée de la salle. Il entre et vient se poser devant Marion un paquet entre les dents. Marion, bas.) Allons, bon ! encore un !

SCÈNE XIII.

DE BEAUFEU, ROSALBA, JEUNES GENS, DURIVEAU, PANEL.

DURIVEAU, entrant et donnant le paquet à Marion.

Ça fait onze... quand nous serons à douze, nous ferons une croix.

MARION, bas.

Il faut le mettre avec les autres, n'est-ce pas ?

DURIVEAU.

Conséquemment !

MARION, bas.

Sergent!... une gageure! je parie que vous venez encore de
vous battre.

PANEL.

Oh! si peu!...

DURIVEAU.

Histoire de plaisanter, comme dit l'autre. (A Panel.) Allons, offre-
moi la goutte.

PANEL, bas à Marion, lui donnant les fleurets.

Tenez... serrez les aiguilles à tricoter.

(Marion emporte les fleurets en les cachant sous son tablier. — Duriveau
et Panel s'asseyent à la table de gauche. — Marion leur sert la goutte
et boit avec eux.)

DE BEAUFEU.

Ah! voilà la bière; messieurs, une proposition... Rosalba, la
charmante ingénue du café de la Victoire, sait une ravissante
chanson dont je suis l'auteur, prions-la de nous la chanter...
voulez-vous?

TOUS.

Adopté! adopté!

DURIVEAU, à Panel.

Ça doit être du propre!

ROSALBA.

Vous ferez chorus?

TOUS.

Oui, oui.

ROSALBA.

Voilà!

Air nouveau de M. Fossey.

Le Cosaque a du bon,
Convenez de la chose :
S'il n'a pas très-bon ton,
S'il ne sent pas la rose,
Il a du moins
D'excellents poings,
Une longue lance...
Une très-longue lance !
C'est avec ça (bis.)
Que du beau sexe on le verra
Triompher en France!
C'est avec ça. (bis.)

(A la fin du couplet tout le monde crie : Bravo! bravo!)

DURIVEAU, à Panel qui le contient.

Cré nom de nom ! v'là-z-une romance qui m'égratigne les
oreilles!

MARION, à part.

La gueuse!

ROSALBA.

DEUXIÈME COUPLET.

Le Cosaque est nouveau,
C'est un fruit agréable ;
Enfin s'il n'est pas beau,
S'il n'est pas très-aimable,
Il a du moins
D'excellents poings,
Une longue lance,
Une très-longue lance !
C'est avec ça (bis.)
Que du beau sexe on le verra
Triompher en France!
C'est avec ça. (bis.)

TOUS.

Bravo! bravo!

(Roulement funèbre. — Duriveau et Panel se lèvent et remontent au fond.
— La promenade se garnit d'hommes et de femmes qui se découvrent
respectueusement.)

DE BEAUFEU, se levant.

Qu'est-ce que c'est que ça?

ROSALBA, regardant par la porte du fond.

C'est le convoi d'un militaire.

DURIVEAU, avec douleur.

Celui du général Durand.

(Les deux soldats se découvrent, Marion s'agenouille.)

DE BEAUFEU, regardant.

Des épaulettes de général... une croix de la Légion d'honneur...
c'est quelque traîneur de sabre!

DURIVEAU, dans ses dents.

Mauvais pékin! (A Panel.) Petit, va fermer la porte.

PANEL.

Cristi! v'là l' moment!

(Il va fermer la porte; à ce moment, Maurice qui est entré un instant aupa-
ravant par la porte de droite, s'approche de lui.)

DE BEAUFEU, riant et élevant son verre.

Allons, messieurs, à la santé du mort!

SCÈNE XIV.

LES MÊMES, MAURICE.

MAURICE, s'élançant.

Chapeau bas devant une des gloires de la France!...
(Il arrache le chapeau de Beaufeu et le jette à terre.)

DURIVEAU, à Panel.

Bravo!

DE BEAUFEU

Monsieur!...

MAURICE, les bras croisés.

Vous avez chanté l'étranger, et vous vous dites des nobles, vous
mentez!

TOUS, faisant un mouvement en avant.

Monsieur!...

MAURICE.

Oui, vous mentez!... les vrais nobles, ceux qui ont conquis leurs
titres en illustrant leur pays ou en versant leur sang pour sa défense, ne feraient pas ce que vous faites... ceux-là comprendraient
que devant l'étranger toutes les opinions n'en font qu'une : quand
l'ennemi menace la France, il n'y a plus de partis, plus de divi-
sions... il n'y a plus que des Français, et vous n'êtes pas dignes
de porter ce nom... Vous avez insulté la dépouille d'un vieux soldat... eh bien! venez donc affronter la colère de trois hommes de
cœur qui veulent laver cette injure dans votre sang! (Un silence.)
Vous ne répondez pas... j'en étais sûr... vous êtes des lâches!...
alors, à genoux, misérables! à genoux!... inclinez-vous devant le
courage qui passe!...

(Maurice, Duriveau et Panel prennent chacun deux hommes et les forcent
de s'incliner. Marion, de son côté, saisit Rosalba et une autre femme et
les jette à genoux. — La toile tombe.)

ACTE II.

Deuxième Tableau.

COSAQUE ET FRANÇAISE.

Un salon chez le comte Manzaroff, à Troyes. — Porte au fond. — Au
premier plan, porte à droite et à gauche. — Au deuxième plan, et dans
les pans coupés, d'un côté une fenêtre, de l'autre une petite porte conduisant à l'appartement de la comtesse. Une table à droite.

SCÈNE I.

RUSKOÉ, seul.

C'est étrange! Je suis sûr de ne pas m'être trompé... toute la
nuit j'ai vu de la lumière dans ce salon et dans l'appartement de
madame la comtesse, et pourtant je n'ai vu sortir personne...
c'est étrange, en vérité!

SCÈNE II.

RUSKOÉ, OLGA.

OLGA, entrant par la porte de droite.

Le comte Manzaroff, notre maître, est-il ici?

RUSKOÉ.

Non, tu sais bien que le comte Manzaroff passe toutes les nuits
au camp du bois de Creney où le retient son service, et qu'il ne
rentre que le matin dans cette maison qu'habite madame la comtesse, sa femme.

OLGA.

Que cherches-tu donc? pourquoi cet air préoccupé?...

RUSKOÉ.

Moi... rien... tu te trompes.

OLGA, souriant.

Ah! des mystères, pour moi!

RUSKOÉ.

Tiens, je te dirai tout, si tu veux seulement avoir pour moi un peu d'amour.

OLGA.

De l'amour !... Non. Je n'aurai jamais d'amour pour toi, Ruskoë.

RUSKOÉ.

Eh bien, l'aveu est franc !... Pourquoi ?

OLGA.

Je ne sais, mais il me semble que si je dois jamais aimer un homme, cet homme ne sera pas un esclave.

RUSKOÉ.

Ah ! oui, ce sera quelque Français, quelqu'un de ces soldats que nous avons vaincus.

OLGA, rêveuse.

Peut-être ! (Changeant de ton.) Mais laissons cela, Ruskoë ; parlons du motif qui m'amène.

RUSKOÉ.

As-tu la lettre ?

OLGA.

Oui.

RUSKOÉ.

Tant mieux ! car notre maître m'a si mal reçu hier quand il m'a vu revenir les mains vides, que je tremblais pour toi.

OLGA.

Que craignais-tu donc ?

RUSKOÉ.

Sa colère est terrible !

OLGA.

Oui. Mais il est juste, et quand on le sert fidèlement, on n'a rien à craindre de sa colère.

RUSKOÉ.

Pas toujours !

OLGA.

Comment ! tu te plaindrais de lui, toi, qui avant de le servir étais l'esclave d'un homme brutal, emporté, despote !

RUSKOÉ.

Oui, je conviens que Fédérowitch n'est pas bon... c'est un véritable ours mal léché ; tandis que le comte Manzaroff a des manières, des airs de grand seigneur !... Mais, au fond, je te dis, moi, qu'il est plus cruel que Fédérowitch.

OLGA.

Qui peut te faire croire cela ?

RUSKOÉ.

Un événement qui est arrivé, il y a huit jours à peine. Tu connaissais Yvanoff ?

OLGA.

Oui. Un esclave de notre maître.

RUSKOÉ.

Tu as appris sa mort, sans en connaître la cause. Je vais te la dire, moi. Un soir, que monsieur le comte était de belle humeur, et qu'il débitait des galanteries à madame la comtesse, qui, selon sa coutume, ne lui répondait que par un silence dédaigneux, le pauvre Yvanoff, qui rangeait dans le salon, laissa tomber un vase d'un grand prix ; le vase fut brisé. Alors, monsieur le comte, sans se déranger, sans interrompre la conversation, arma son pistolet et fit sauter la cervelle du maladroit... Madame la comtesse poussa un cri d'horreur et s'enfuit... Quant à monsieur le comte, il fit froidement enlever le cadavre et se mit à lire son journal... Voilà comment il pratique la patience et comment il entend la bonté !

OLGA.

Pauvre Yvanoff !... Mais que veux-tu, Ruskoë ? Nous sommes des esclaves, et notre maître a droit de vie et de mort sur nous.

RUSKOÉ.

Ah ! toi, Olga, tu l'as toujours défendu ! Moi...

OLGA, l'interrompant.

Silence ! on vient.

RUSKOÉ.

C'est notre maître.

(Ils se rangent tous les deux sur la droite.)

SCÈNE III.

LES MÊMES, MANZAROFF, FÉDÉROWITCH, entrant du fond.

MANZAROFF, à Olga.

As-tu fait ce que je t'ai ordonné ?

OLGA.

Oui, maître.

MANZAROFF, s'asseyant près de la table sur laquelle il dépose son colbach et ses gants.

Ainsi, cette lettre ?...

OLGA.

Est telle que vous la désirez, la voici.

MANZAROFF, lisant.

C'est bien... Je suis content de ton zèle.

OLGA.

Dois-je retourner à mon poste ?

MANZAROFF.

Pas encore. Demeure ici, je te ferai appeler dès que j'aurai besoin de tes services.

(Olga s'incline et se retire au fond.)

MANZAROFF, à Ruskoë.

Et toi, as-tu trouvé les deux témoins Français ?

RUSKOÉ.

Pas encore, maître.

MANZAROFF.

Hâte-toi. (Ruskoë s'incline et remonte au fond.) A propos, la chapelle est-elle préparée ?

RUSKOÉ.

Tout sera prêt pour l'heure indiquée, maître.

MANZAROFF.

Bien... allez !

(Olga et Ruskoë sortent.)

SCÈNE IV.

MANZAROFF, FÉDÉROWITCH.

FÉDÉROWITCH.

Dussé-je vous déplaire en vous parlant avec franchise, je vous dirai, Manzaroff, que je blâme votre faiblesse à l'égard de votre femme. N'est-elle pas à vous, bien à vous ? Ne l'avez-vous pas épousée suivant nos lois ? Qu'aviez-vous donc besoin de l'amener dans ce pays, au lieu de l'envoyer dans le nôtre ? A quoi bon cette formalité d'un mariage à la française, dans une chapelle, la nuit ? Faiblesse, Manzaroff, faiblesse !

MANZAROFF, se levant.

Mon cher Fédérowitch, vous avez gardé toute la rudesse de nos mœurs primitives, je le sais. Vos procédés peuvent réussir de l'autre côté des Balkans ; mais ici, en France, surtout avec une femme comme Louise, c'est un mauvais moyen que la violence.

FÉDÉROWITCH.

Ce n'est pas mon avis, à moi. Quand je rencontre sur ma route un obstacle, je le brise ; témoin ce jeune homme, ce commandant Maurice, qui, la nuit dernière, avait insulté l'armée d'occupation...

MANZAROFF.

Eh bien ?

FÉDÉROWITCH.

Eh bien ! je n'ai pas été par quatre chemins. On me l'avait signalé comme un meneur, je l'ai guetté, j'aurais pu obtenir contre lui un ordre d'arrestation. Bah ! lenteurs inutiles ! J'ai lancé contre lui trois de nos enfants du désert ; ils l'ont suivi, et...

MANZAROFF.

Et ils se sont vengés ?

FÉDÉROWITCH.

Les blâmeriez-vous, par hasard ?

MANZAROFF.

Je vous le répète, Fédérowitch, ce ne sont pas les mœurs de ce pays-ci.

FÉDÉROWITCH.

Oui, n'est-ce pas ? Il aurait fallu proposer à ce monsieur une rencontre bien réglée d'avance : accepter son heure, mesurer les distances, les épées, et que sais-je encore ? Nettoyer le terrain avec mon mouchoir !... Jeux de muguets que tout cela, Manzaroff. Ce n'est pas ainsi qu'on traite ses ennemis. Nous ne sommes pas des chats, nous autres, pour égratigner en jouant. Lions, tigres ou même loups, au besoin, nous tuons comme nous pouvons... quand nous pouvons... C'est la guerre sauvage, soit ! à mes yeux, c'est la bonne !

MANZAROFF, souriant.

Mon cher Fédérowitch, je vous suppose amoureux d'une femme telle que Louise, je ne pense pas que vous feriez de grands progrès dans son cœur avec des doctrines semblables.

FÉDÉROWITCH.

Amoureux !... ah ! voilà... Je n'ai jamais été amoureux, moi !

MANZAROFF.

Je le vois bien.

FÉDÉROWITCH.

Et vous êtes amoureux de la comtesse?

MANZAROFF.

Comme un fou !

FÉDÉROWITCH.

A mon tour, je vous dirai : Je le vois bien ! car, en vérité, il
faut être atteint de folie pour agir ainsi que vous le faites depuis le
commencement de cette aventure. (Manzaroff s'assied près de la table,
Fédérowitch s'assied dessus.) Le hasard de la guerre jette entre vos mains
une Française et sa fille : la fille est jolie, elle vous plaît à première
vue : vous la gardez, en lui disant que sa mère a disparu, bon !
D'un autre côté, vous faites soigner la mère par une esclave qui
vous est fanatiquement dévouée, et bientôt, la bonne femme deve-
nue aveugle est reconduite par vos ordres dans son pays, sous la
garde de votre esclave... A tout cela, je n'ai rien à dire.

MANZAROFF.

Eh bien, alors?

FÉDÉROWITCH.

Attendez. Grâce à la guerre qui continue, la mère et la fille sont
pour longtemps séparées. Cette jeune Louise vous appartenait alors
sans contestation possible. Eh bien! au lieu de satisfaire votre pas-
sion, qu'allez-vous imaginer? (Il se lève et traverse la scène.) Des subter-
fuges sans nombre; un roman auquel je ne comprends rien. A la
mère, vous faites accroire par votre Olga que sa fille n'est plus!...
A la fille, vous dites que sa mère existe, et qu'elle la reverra...
En attendant, pour ne pas laisser la jeune fille seule, sans protection légitime, dans un camp composé de hordes sauvages, vous lui
offrez de devenir son époux. Elle refuse d'abord avec horreur...
vous insistez. Enfin, épouvantée de la perspective de rester à la
merci de cette effroyable soldatesque qui ne respecte que ses chefs,
elle accepte vos propositions. Grâce à votre ardeur, à vos démar-
ches, toutes les difficultés s'aplanissent et bientôt nous assistons
à votre union, union très-réelle, ma foi, et qui vous fait l'heureux
possesseur de ce trésor tant désiré...

MANZAROFF, se levant et allant à Fédérowitch.

Eh bien! Fédérowitch, voilà ce qui vous a tous trompés. Sachez
la vérité : je ne possède encore ma femme que de nom et je
l'aime! Notre mariage est réel pour tous, excepté pour moi. Elle
ne voulait qu'un protecteur et non un mari. La violence, allez-vous
dire... eh! croyez-vous donc que je n'y aie pas mille fois songé?...
mais la violence ne m'aurait livré qu'un cadavre, et je vous dis
que j'aime ma femme! C'est parce que je l'aime que j'ai imaginé
cette fable incompréhensible pour vous. Mais si je n'avais pas dit
à la mère que sa fille était morte, elle eût voulu l'arracher de mes
mains. Si, au contraire, je n'avais pas dit à Louise que sa mère
existait, que lui eût importé ma protection? Elle aurait voulu
mourir pour rejoindre sa mère! Mourir! elle! Louise!... Oh! c'était
impossible! je ne le voulais pas, puisque je vous dis que je l'aime,
oui, je l'aime!

FÉDÉROWITCH.

Ah!... mais du moins, pourquoi l'avoir conduite en France?

MANZAROFF.

Pourquoi?... parce qu'elle a juré, mais juré par sa mère, entendez-vous? d'être à moi, toute à moi, le jour où, tous les deux
en France, nous consacrerions notre union par un mariage reli-
gieux, en présence de sa mère, ou du moins avec son autorisation
formelle.

FÉDÉROWITCH.

Mais pourquoi ce mariage mystérieux, précipité?

MANZAROFF.

Parce que le hasard de la guerre nous a conduits ici... ici, près
de sa mère... parce qu'un mariage public est dangereux... parce
que quelqu'un peut reconnaître Louise... parce qu'enfin nous pouvons être forcés de quitter la France dès demain peut-être, et que
j'ai voulu avant notre départ...

FÉDÉROWITCH.

Très-bien !... Alors la chapelle, les témoins, ces apprêts... c'est
cela, je comprends... et la lettre d'Olga...

MANZAROFF.

Lisez. (Il lui remet la lettre d'Olga.)

FÉDÉROWITCH, lui rendant la lettre après l'avoir parcourue.

A la bonne heure! Olga trompe la bonne femme, elle abuse aussi
la comtesse... elle sert vos projets des deux côtés... Allons donc! je
vous retrouve enfin !

MANZAROFF, prenant son manteau et son colbach.

Venez, Fédérowitch, venez m'aider à recevoir en bas les officiers
qui doivent me servir de témoins. (Il sort par la droite avec Fédérowitch.)

SCENE V.

DURIVEAU, PANEL, puis RUSKOÉ.

PANEL, entrant par le fond.

Ous que nous sommes? (Regardant autour de lui. Bas.) S'il vous plaît,
sergent, c'est un salon.

DURIVEAU, avec dignité.

Obtempérez!... je le vois bien que c'est un salon. Croyez-vous
que c'est la première fois qu'on y entre dans un salon!... Apprenez,
monsieur Panel, qu'on a foulé de ses propres pieds les lambris do-
rés de l'Ex-curial. (Apercevant Ruskoë qui entre.) Un Cosaque!... c'est-y
vous qu'êtes le bourgeois?

RUSKOÉ.

Je ne comprends pas.

PANEL.

C'est y chez vous que nous sommes?

RUSKOÉ.

Vous êtes chez mon maître.

DURIVEAU.

Ton maître! un laquais! Je dialoguais avec un serf! (Lui montrant
Panel.) Cause avec monsieur.

RUSKOÉ, brusquement.

Qui êtes-vous? Que voulez-vous? Pourquoi avez-vous pénétré
dans cette maison? Répondrez-vous?

DURIVEAU, l'arrêtant.

Pardon, aimable Cosaque.

PANEL, à part.

Il croyait de me faire peur !

DURIVEAU.

Ce jeune homme est doux comme un anneau, et vous l'émo-
tionnez. Je vais parlementer pour lui, si vous voulez bien m'ob-
tempérer cette faveur. (Montrant Panel.) Ce jeune homme est faible
de componction, comme vous voyez... Il est malade... Montre ta
langue à monsieur, Panel. Voyez! elle est sargée; son sirurgien
lui a-z-ordonné de prendre les eaux de Bannière-z-en-Bigorre.

RUSKOÉ, impatienté.

Qu'est-ce que ça me fait?

DURIVEAU.

Tu vois, Panel... je te disais bien que monsieur ne prendrait
pas le moindre intérêt à ces menuiseries... Enfin, tu l'as voulu !

PANEL, étonné.

Moi?

RUSKOÉ.

Finirez-vous ?

DURIVEAU.

Voilà, cher Calmouck... Nous voulons aller à Montereau, voir...
notre... tante... la femme de notre pauvre oncle... Tu sais, Panel... (Il s'essuie les yeux) qui est mort-z-au champ d'honneur?

PANEL, poussant un soupir.

Ah! oui, qu'est mort-z-au champ d'honneur !

DURIVEAU.

Il nous est revenu qu'il fallait-z-une permission de monsieur le
comte Manzaroff pour franchir les avant-postes, et... •

RUSKOÉ.

Vous venez demander cette permission ?

DURIVEAU.

Vous l'avez deviné, homme du Nord.

RUSKOÉ.

Vous voulez un permis pour deux?

DURIVEAU.

Conséquemment.

RUSKOÉ, les examinant. A part.

Ces deux hommes peuvent servir de témoins à madame la comtesse... Voilà mon affaire ! (Haut.) D'après ce que j'ai compris, vous
voulez voir mon maître, n'est-ce pas?

DURIVEAU.

Oui, monsieur le Cocasse... le Cosaque... Pardon, la langue
m'a fourché.

RUSKOÉ.

Je vais le prévenir. Attendez-moi ici... Surtout, ne cassez rien.

PANEL.

Pour qui nous prenez-vous ! (Ruskoë sort.)

SCENE VI.

DURIVEAU, PANEL.

PANEL.

S'il vous plaît, sergent, il est bon enfant, le Cosaque, s'il avale ce goujon-là!

DURIVEAU.

Le Cosaque est un animal vorace qui avale tout ce qu'on lui présente. Mais ce n'est pas de ça qu'il s'agit pour le quart d'heure. Nous sommes seuls?

PANEL.

Oui.

DURIVEAU.

Apprends donc alors pourquoi nous nous sommes introduits dans cette maison.

PANEL.

Ah! vous allez donc me le dire, enfin! car vous pouvez vous vanter d'une chose, sergent, c'est de n'être pas bavard, quoique vous parliez beaucoup.

DURIVEAU.

Cette appréciation est complétement *incompatible* avec la *logisme* de mon caractère. Mais passons.

PANEL.

Je suis tout *ouïes*, sergent.

DURIVEAU.

Je suis inquiet, très-inquiet, cré nom de nom!

PANEL.

De quoi, sergent?

DURIVEAU.

Du commandant Maurice.

PANEL.

Pourquoi?

DURIVEAU.

Comment! tu ne comprends pas la position! Que t'a-t-on répondu tout à l'heure à son hôtel?

PANEL.

Qu'il n'était pas rentré de la nuit à l'hôtel de *Pariss*.

DURIVEAU.

Pariss! Pariss! Vous dites toujours Pariss! Ce n'est pas Pariss, qu'il faut dire; c'est Paris. Savez-vous ce que c'est que Pariss?

PANEL.

C'est la capitale de l'empire français.

DURIVEAU.

Nullement. Pâriss était un berger... du temps de Louis XIV... bien avant la révolution... Mais passons. Où avons-nous quitté le commandant, hier au soir?

PANEL.

A la porte de Marion.

DURIVEAU.

Eh ben! si nous l'avons quitté-z-à la porte de Marion, à mé-nuit, s'il n'est pas rentré-z-à l'hôtel de Paris dès le *patron-mi-nette*, il faut donc qu'il lui soit-z-arrivé quelque inconvénient.

PANEL.

Vous m'ouvrez les yeux, sergent.

DURIVEAU.

Pour rentrer chez lui, il a dû passer dans cette rue; or, *primo-motu*, dans cette rue-z-il y a une maison habitée par des Cosaques... Cette maison est celle-ci; donc, *secondo-motu*, si le commandant est entré dans cette rue, et s'il n'en est pas sorti, j'ai donc des *vestigos* qu'il ne peut être qu'ici.

PANEL.

Ici, sergent! C'est impossible!

DURIVEAU, tirant un portefeuille de sa poche.

Impossible! Tiens! ce portefeuille que j'ai trouvé-z-en montant l'escalier...

PANEL.

Un portefeuille!

DURIVEAU.

Celui du commandant. Je l'ai reconnu: tiens, lis... (Il le lui donne.)

PANEL, ouvrant le portefeuille et lisant la suscription d'une lettre.)

« *Au commandant Maurice.* » Sapristi! vous avez raison. Le commandant doit être ici!

DURIVEAU.

Oui, mais dans quel endroit l'ont-ils caché, ces gueux-là!... Allons, il faut inspecter la cassine. (Montrant une porte.) Toi, par file à droite, moi par file à gauche. En avant, marche! (Ils se disposent à ouvrir les portes. — Ruskoë paraît.)

SCENE VII.

LES MÊMES, RUSKOË.

RUSKOË.

Eh bien! où allez-vous donc?

DURIVEAU.

Pardon, excuse... Je croyais entrer à la cuisine... Je voulais allumer ma pipe, ou plutôt, pour parler bon français, mon tabac.

RUSKOË.

Mon maître est disposé à vous accorder votre demande. Il n'y met que deux conditions.

DURIVEAU.

Parlez!

RUSKOË.

La première, c'est que vous lui rendrez un service; la seconde, c'est qu'en échange vous accepterez cette bourse.

PANEL, saisissant la bourse.

Oh! monsieur Duriveau, des pièces d'or!

DURIVEAU.

C'est bien tentant, vos jaunets... Mais avant de les accepter, je veux savoir, net et clair, ce qu'il faut faire pour les mériter.

PANEL, rendant l'or.

Ah! diable! vous avez raison. C'te fois, je vous trouve moins bête que moi.

DURIVEAU.

Petit, le compliment me plaît... mais toutes fois et quantes que tu m'en feras dorénavant, je te demanderai de supprimer la comparaison entre toi-z-et-moi.

PANEL.

On s'y conformera, monsieur Duriveau.

RUSKOË.

Ce qu'on vous demande est bien simple: mon maître se marie; sa fiancée est française; elle ne connaît personne à Troyes; il lui faut des témoins, deux braves gens suffisent. Voulez-vous être les siens?

PANEL, battant un entrechat.

Ce n'est que ça! une Française! La beauté nous réclame. En avant les violons! une noce! j'en suis! témoin à mort!... Venez, monsieur Duriveau. (A Ruskoë.) Rendez les jaunets.

DURIVEAU, allant à lui.

Minute! (A Panel.) T'as trop de jactance, blanc-bec. Ecoute les vieux... ça voit plus loin, quoique leurs yeux soient moins bons... Tu ne saisis pas que le serf te propose une infraction-z-à l'honneur, pour ne pas dire une indélicatesse.

PANEL.

Ah bah!

RUSKOË.

Je ne comprends pas.

DURIVEAU, à Panel.

Sont-ils bêtes ces Cosaques, de ne pas mieux entendre le français! (Haut, à Ruskoë.) Veuillez allonger jusqu'à moi le tuyau de l'oreille, et obtempérez-moi la faveur de vous observer, monsieur le Calmouk, que par votre offre vous faites preuve *d'outre qui danse*, et la preuve, je le prouve, pas *as* plus que *B*; votre patron z-est un étranger, tranchons le mot, un *indigène*. Vous dites qu'il veut conduire une Française à l'autel de l'hyménée?... si elle s'y concentre, elle fait une mauvaise action; car c'est mal à une Française d'épouser, par le temps qui court, un ennemi de la France... Et vous prétendez obtenir de deux braves... bourgeois de la ville de Troyes en Champagne de lui servir de témoins pour cette mauvaise action-là?... allons donc! monsieur le Cosaque! j'avais bien raison de vous dire que c'était de l'outre qui danse!

PANEL.

Oui... c'est de l'ours qui danse!

DURIVEAU.

Monsieur Panel, ne prenez pas mes mots, surtout pour les écorcher!

PANEL, bas.

Pourtant, vous avez tort, sergent, c'est peut-être un moyen de rester dans la maison et de découvrir le commandant. Je vas *diplomatiquer*.

DURIVEAU, bas.

C'est juste, il faut diplomatiquer. (A Panel.) Diplomatique.
(Il s'assied à gauche.)

PANEL, à Ruskoë.

Monsieur Duriveau est vif. Moi, monsieur, je m'estimerai honoré de continuer avec vous cet entretien, et je vous dirai que mon ami...

(En gesticulant il touche le nez de Duriveau.)

DURIVEAU.

Ayez donc la complaisance d'avoir la tête et les yeux à quinze pas.

PANEL, reprenant.

Je vous dirai que mon ami et moi nous serons très-heureux de pouvoir être agréables à votre maître, et que nous nous tenons entièrement à sa disposition... où est la besogne? où est le profit?

RUSKOÉ.

A la bonne heure!

(Ils remontent au fond en courant.)

DURIVEAU, à part, avec satisfaction.

Ce petit m'étonne quelquefois autant qu'il me surprend. Après ça, c'est mon élève. (Se reprenant.) Eh ben, Duriveau, vous avez des faiblesses !... ssyez ferme, cré nom de nom! ou sans ça tout le fruit de cette belle éducation serait perdu.

PANEL.

Eh ben, sergent, trouvez-vous que je lui aie arrangé ça aux petits oignons?

DURIVEAU, sévèrement.

Obtempérez !... (A part.) Ça me coûte, mais c'est pour son bien. (A Ruskoë.) Eh bien, seigneur domestique, je verrai... je dialogue-rai-z-avec cette Française... et si, comme je l'entrevois, c'est peut-être un mariage *d'inclinaison*... alors! comme alors!

PANEL, l'imitant.

C'est ça. Alors, comme alors! Bravo! monsieur Duriveau!

DURIVEAU.

Je vous défends de m'applaudir. Le vrai talent-z-est modeste.

RUSKOÉ.

En attendant le moment où l'on aura besoin de vous, venez dans la salle basse... Allons, suivez-moi.

DURIVEAU, bas à Panel.

Cré nom de nom! être traités comme ça par un *nic ferch ten!* J'ai envie de lui *inculper* une leçon de politesse!

RUSKOÉ, se retournant.

Vous dites?

DURIVEAU, saluant.

Je dis que vous êtes le modèle des Cosaques, et le *phé nis que* de la politesse. (Ruskoë sort.) Mille milliasses de baïonnettes!... J'en ferai-z-une maladie, c'est sûr!

PANEL.

Sergent, modérez-vous! modérez-vous, sergent!

DURIVEAU.

J'ai-z-un Cosaque rentré dans l'estomac! (Ils sortent.)

SCENE VIII.

LOUISE, puis OLGA.

LOUISE, entrant avec précaution par la porte de gauche.

Il n'y a plus personne... seule enfin ! (Allant vers la chambre.) Venez, monsieur... ce malheureux jeune homme est encore assoupi ! Mon Dieu, pourvu qu'il ait assez de force pour sortir d'ici... Sortir? mais comment? Toutes les issues sont gardées... Encore si j'avais quelqu'un à qui me confier... si... (Voyant entrer Olga par la droite.) Olga! ah! c'est le ciel qui me l'amène ici!

OLGA.

Madame, monsieur le comte m'envoyait pour savoir si vous étiez disposée à recevoir vos femmes... Il a d'ailleurs ordonné qu'on respectât votre sommeil dans le cas où...

LOUISE.

Bien... bien !... Ecoute... il dépend de toi de me rendre un grand service... Puis-je compter sur ton dévouement ?

OLGA.

Mais, madame...

LOUISE.

Tu hésites... laisse-moi.

OLGA.

Je n'hésite pas, madame. Je m'étonnais que moi, pauvre esclave, à peine connue de vous, je fusse assez heureuse pour vous être utile.

LOUISE.

Je ne te connais pas, c'est vrai... Tu es au comte, ce qui devrait même m'inspirer des soupçons. Mais pourquoi me trahirais-tu ? Regarde-moi en face.

OLGA, troublée.

Je... je vous regarde, madame.

LOUISE.

Tu rougis... tu trembles... va-t'en !

OLGA.

Madame...

LOUISE, vec force.

Ah! va-t'en !

OLGA.

Je sors, maîtresse. (A part en sortant.) J'ignore ce qu'elle voulait de moi, mais cette fois, je le sens, je l'aurais fidèlement servie.

SCENE IX.

LOUISE, puis MAURICE.

LOUISE.

Je préfère le danger à la trahison. Que faire, cependant? allons! il faut instruire ce jeune homme. (Voyant Maurice entrer pâle et encore chancelant.) Le voici !... mais il se soutient à peine! imprudent!

MAURICE, la regardant avec admiration.

Ah!

LOUISE.

Qu'avez-vous?

MAURICE.

Je vous regarde, madame, et je remercie Dieu du fond du cœur !... ce n'était pas un rêve!

LOUISE.

De quel rêve parlez-vous?

MAURICE.

Du mien, madame... Je rêvais que cette nuit j'avais été attaqué par trois hommes, trois bêtes féroces, que blessé par eux, j'allais périr, lorsqu'un voile s'est étendu sur mes yeux, en même temps que le souvenir s'éteignait en moi. Quand je revins à la vie, il me sembla que je respirais une atmosphère tiède et parfumée... qu'un doux visage était penché sur mon front... en même temps, des mains blanches et effilées soignaient, ou plutôt guérissaient ma blessure, et je vis, fixés sur mes yeux, des regards inquiets et charmants, où, comme une perle céleste, brillait une larme de pitié!

LOUISE.

Monsieur !

MAURICE, pliant le genou.

C'était vous! ah ! je vous le disais bien, madame, je dois remercier Dieu qui a changé cette vision en une ineffable réalité!

LOUISE.

Relevez-vous, monsieur... les instants sont précieux... Vous ne voudriez pas, pour prix du service qu'une femme vous a rendu, livrer cette femme au danger, au malheur?

MAURICE.

Mon Dieu !

LOUISE.

Écoutez-moi. Il y a quelques heures, lorsque j'entendis de cette fenêtre le bruit de votre lutte inégale, il me fut facile, cédant à un mouvement irrésistible, de sortir de cette maison, d'ouvrir une porte dérobée, de profiter de la fuite de vos agresseurs, qui abandonnèrent la place, car ils vous croyaient mort, de vous soutenir avec une énergie que Dieu sans doute m'inspirait, et enfin de vous conduire, quoique chancelant, jusque dans cette chambre... qui est la mienne. A cette heure-là, monsieur, la maison était déserte, mais maintenant, elle est remplie d'agitation et de bruit. Les habitants sont revenus, que dis-je? ils m'attendent impatiemment, et s'ils ne sont pas ici, en ce moment même, c'est qu'ils me croient endormie, et qu'ils respectent mon sommeil.

MAURICE.

Eh bien ! madame?

LOUISE.

Mais tout à l'heure, ils vont venir me réclamer. S'ils vous trouvent ici, seul avec moi, dans la nuit, que penseront-ils? Cette idée me fait frémir; je serais perdue, monsieur !

MAURICE.

Madame, n'y a-t-il aucun moyen de sortir de cette maison sans être vu?

LOUISE.

Je n'en connais pas.

MAURICE.

Pardon, madame, j'ai un projet. (Il va vers le fond.)

LOUISE, avec terreur.

Monsieur, qu'allez-vous faire?

MAURICE.

Je vais ouvrir cette porte... je vais moi-même appeler les gens de votre maison... ils accourront à ma voix : je leur dirai la vérité, et lorsqu'ils apprendront combien vous avez été forte, courageuse et bonne... lorsqu'à l'appui de ce récit, je leur montrerai mes blessures, soyez-en convaincue, madame, ils ne pourront douter ni de moi, ni de vous.

LOUISE.

Ils douteraient encore, monsieur, et d'ailleurs, ce serait vous perdre plus sûrement sans me sauver peut-être.

MAURICE.

Pourquoi cela ?

LOUISE.

Parce que...

MAURICE.

Parlez, madame, au nom de l'intérêt que vous m'inspirez... au nom de la vie que je vous dois !

LOUISE.

Monsieur, avez-vous entendu parler quelquefois du comte Manzaroff ?

MAURICE, ironiquement.

Oui, oh ! oui, madame.

LOUISE.

Vous le connaissez bien, je le vois. Que pensez-vous qu'il fît, s'il trouvait la nuit même de son mariage, dans la chambre de sa fiancée, un jeune homme, seul avec elle, ce jeune homme fût-il innocent comme vous l'êtes, blessé comme vous l'êtes ; bien plus, ce jeune homme fût-il étendu mort à mes pieds ?

MAURICE.

Il vous croirait coupable ; il vous tuerait ! (Après un temps.) Ainsi, vous épousez ce monstre ?

LOUISE.

Monsieur !

MAURICE.

Pardon, madame... oh ! pardon ! mais que faire alors ?... Oh ! mon Dieu ! sauve-la ! sauve-la !

(On frappe à la petite porte de droite.)

LOUISE.

On frappe. — Rentrez dans cette chambre, monsieur, je vous en conjure.

MAURICE, ouvrant la porte de la chambre à gauche.

Dans cette chambre. (Après une hésitation rapide.) Ah ! ce balcon ! merci, Providence !

LOUISE, poussant un cri.

Malheureux ! vous vous tueriez !

MAURICE.

Qu'importe, madame ! Si le comte a des soupçons, s'il veut pénétrer dans cette chambre, je vous sauverai, madame, dût ma vie être le prix de votre salut !

(Il sort vivement.)

LOUISE, courant à lui.

Monsieur !

(Elle s'arrête en voyant Olga.)

SCENE X

LOUISE, OLGA, MAURICE, caché.

OLGA, à part.

Qui donc était avec elle ? (Haut.) Pardon, madame, c'est moi qui frappais... n'entendant pas de réponse, je suis entrée.

LOUISE.

Que demandez-vous ? que voulez-vous ?

OLGA, balbutiant.

Vous dire, madame, que... que... (avec fermeté), qu'un homme est ici...

LOUISE.

Malheureuse !

OLGA.

Et que je viens pour le faire évader.

LOUISE, avec reconnaissance.

Ah !

OLGA, bas.

Trop tard, madame, voici le comte. Remettez-vous !

SCÈNE XI.

LES MÊMES, MANZAROFF, FÉDÉROWITCH.

Manzaroff et Fédérowitch entrent par la porte placée dans le pan coupé, à droite.

MANZAROFF, galamment.

Pardon, ma chère Louise, si nous osons nous présenter sans être annoncés ; mais l'heure s'avance... et... (La regardant.) Quoi ! vous n'êtes pas encore habillée pour la cérémonie !

LOUISE.

La cérémonie !... Ah ! oui, c'est vrai,... vous m'avez dit...

MANZAROFF.

Qu'avez-vous donc ?... cette pâleur... ce trouble ?

LOUISE, vivement.

Rien ! ce n'est rien.

FÉDÉROWITCH, à part.

Ah ! les femmes ! avec leurs momeries !

MANZAROFF.

Tenez, madame, je réfléchis qu'une autre toilette est absolument inutile, celle-ci suffira.

LOUISE.

Oui, vous avez peut-être raison. (A part.) Donnons-lui les moyens de fuir !

FÉDÉROWITCH, bas à Manzaroff.

Ah çà, que me parliez-vous de résistance ?

MANZAROFF.

Fédérowitch, offrez votre bras à la comtesse.

LOUISE, donnant machinalement son bras, à part.

Comme cela, il pourra sortir. (Elle fait quelques pas avec Fédérowitch, puis s'arrête tout à coup en le regardant fixement.) Mais où donc me conduisez-vous ?

FÉDÉROWITCH, riant.

Belle question ! à l'autel !

LOUISE, avec égarement.

A l'autel !

MANZAROFF.

Louise, quel vertige s'empare de vous ? J'ai tenu mes serments, souvenez-vous des vôtres.

LOUISE, revenant à elle.

Mes serments ! oui !... c'est vrai... J'ai juré... mais vous, monsieur, vous m'aviez promis la présence de ma mère... Où est ma mère ? je la veux !

FÉDÉROWITCH, à part.

Ah ! voilà le naturel qui revient.

MANZAROFF.

Votre mère est à Paris, Louise, et vous savez que je ne puis vous y conduire ; j'ajoute qu'elle est souffrante depuis cette cruelle maladie qui l'a privée de la vue, et que nos mutuels empêchements nous tiennent éloignés les uns des autres. Cependant, à défaut de sa présence, je vous apporte son consentement formel et par écrit. Cela ne doit-il pas vous suffire ?

LOUISE.

Une lettre de ma mère ! Donnez ! oh ! donnez !

MANZAROFF.

La voici !

LOUISE, lisant.

« Ma fille, M. le comte Manzaroff m'a depuis longtemps fait connaître et son amour et tes dédains. Cependant tu n'ignores pas ce
» que nous devons à notre bienfaiteur. Il t'a sauvé la vie et l'hon-
» neur, et c'est encore grâce à lui que tu pourras bientôt revoir ta
» pauvre mère. Accueille donc sa tendresse, chère enfant, accepte-
» le pour époux, puisque c'est le seul moyen d'acquitter envers lui
» ta dette de reconnaissance. Bientôt, je l'espère, je pourrai vous
» serrer tous les deux dans mes bras. En attendant ce bonheur,
» je vous donne, mes enfants, ma bénédiction maternelle et j'ap-
» pelle sur vous celle de Dieu. — Ve BLANCHARD. »

(Pendant la lecture de cette lettre, Maurice a entr'ouvert la porte.)

MANZAROFF.

Eh bien ?

LOUISE, baisant la lettre.

C'est sa signature ! Pauvre mère ! tu le veux ! sois satisfaite ! (Au comte.) Venez, monsieur, venez !

(Ils remontent vers le fond.)

SCÈNE XII.

LES MÊMES, MAURICE.

MAURICE, avec éclat.

Arrêtez, Louise, on vous trompe !

LOUISE.

Monsieur !

MANZAROFF.

Un homme ici !... dans la chambre de Louise !

OLGA, à part.

C'était lui !... seul avec elle !

MAURICE.

Oui, on vous trompe, croyez-en Maurice, le compagnon de votre enfance, l'ami de votre mère.

TOUS.

Maurice!

OLGA, à part, avec colère.

Et je voulais les sauver!

MAURICE.

Cette lettre est fausse... Votre mère est ici... Et ce qu'il y a de plus horrible, c'est qu'elle vous croit morte!

LOUISE.

Mon Dieu! qui lui a fait ce mensonge?

MAURICE, montrant le Comte.

Lui!

LOUISE, au Comte, avec énergie.

Vous! Mais savez-vous que c'est infâme, cela!

MANZAROFF.

Assez, madame... Pardieu! je vous trouve bien hardie d'oser élever la voix... quand j'ai la preuve de votre crime! Cet homme a déshonoré mon nom, cet homme a souillé ma demeure. Il n'en sortira pas vivant! (Il ferme la porte du fond.)

FÉDÉROWITCH, tirant son épée.

A la bonne heure, donc!... Et je vous aiderai, moi, à venger votre injure.

LOUISE, défendant Maurice.

Ah! vous ne le tuerez pas ou il faudra me tuer aussi... Olga, aide-moi!

(Olga reste immobile.)

MAURICE.

Olga! mais c'est elle qui vous a trahie!

LOUISE, au Comte.

Grâce! grâce! j'obéirai, si vous faites grâce!

MANZAROFF, à Louise.

Allons, madame, faites-moi place, ou sinon! (Il saisit le knout que Fédérowitch porte à sa ceinture et le lève sur Louise qui tombe évanouie.)

MAURICE, lui arrachant le knout.

Moi vivant, vous ne vous servirez pas de cette arme de lâche pour frapper une femme!

(Il brise le fouet sur son genou.)

MANZAROFF, tirant son épée.

Misérable! tu vas mourir!

(Manzaroff et Fédérowitch s'élancent sur Maurice.)

MAURICE, reculant devant eux.

Lâches! je suis sans armes!

(La fenêtre s'ouvre violemment, et Duriveau et Panel paraissent, un pistolet à chaque main.)

SCÈNE XIII.

LES MÊMES, DURIVEAU, PANEL.

DURIVEAU.

Halte-là, vous autres! Lâchez le commandant, ou nous lâchons les chiens!

MAURICE, traversant le théâtre.

Vous me reverrez, Louise, vous me reverrez!

PANEL.

Ah! ça vous la coupe, hein?

DURIVEAU, les menaçant.

Allons, obtempérez!... et plus vite que ça!

(Maurice a mis le pied sur le rebord de la fenêtre. — Le rideau tombe.)

ACTE III.

Troisième Tableau.

TOUT POUR LA FRANCE!

La maison de madame Blanchard, à Troyes. — Le théâtre représente l'intérieur d'une cour rustique. — Grande porte au fond; à droite et à gauche, escaliers conduisant dans la maison. — Au fond, mur de clôture. Il fait nuit. — Au lever du rideau, on frappe. — Madame Blanchard va ouvrir à tâtons.

SCÈNE I.

MARION, Mme BLANCHARD

MARION, entrant.

Bonsoir, madame Blanchard.

Mme BLANCHARD.

C'est toi, Marion; ah! j'avais bien besoin d'entendre une voix amie.

MARION.

De quoi qu'il retourne donc? Vous êtes triste comme un Anglais... Tiens! je ne vois pas la petite Cosaque.

Mme BLANCHARD, s'asseyant à droite.

Olga ne m'a jamais laissée seule aussi longtemps... c'est là le motif de mon inquiétude.

MARION.

Depuis quand qu'elle est sortie?

Mme BLANCHARD.

Depuis ce matin. Elle a voulu porter elle-même au comte Manzaroff, son maître, une lettre que je lui ai dictée chez toi... et elle n'a pas reparu.

MARION.

Bah! elle aura rencontré chez ce monsieur quelque mangeur de suif de sa connaissance; ils se seront amusés à bavarder du pays dans leur langage de tcheff, tchiff et tchoff!...

Mme BLANCHARD.

Olga n'est pas bavarde. Je ne sais pourquoi, mais j'ai le pressentiment qu'avant la fin de cette journée, quelque grave événement prendra place dans ma vie.

MARION.

S'il faut vous l'avouer, madame Blanchard, c'est bien possible ce que vous dites là, vu que...

Mme BLANCHARD.

Achève, Marion.

MARION, regardant autour d'elle.

Nous sommes bien seules?

Mme BLANCHARD.

Oui... Eh bien?

MARION.

Eh bien! il se passe des choses...

Mme BLANCHARD.

Quelles choses?

MARION.

Ah! voilà!... on ne m'a pas dit ce que c'était... Mais, pour sûr, ça y est.

Mme BLANCHARD.

Quoi?

MARION.

Je n'en sais rien.

Mme BLANCHARD, souriant.

C'était bien la peine... Voyons, tu ne soupçonnes pas?

MARION.

Si, ça doit être au sujet des Cosaques... ou peut-être bien... Mais non... cependant...

Mme BLANCHARD.

Folle, va!

MARION.

Comment! vous qui êtes une vieille de la vieille, ça ne vous fait pas plus d'effet que ça d'apprendre tout ce que je vous dis... et de savoir qu'on a compté sur vous.

Mme BLANCHARD.

Sur moi... une pauvre aveugle!

MARION.

On n'a pas besoin de vos yeux, mais de votre maison.

Mme BLANCHARD.

Ma maison?

MARION.

J'aurais bien offert la mienne, mais elle est trop fréquentée pour le quart d'heure, tandis que la vôtre est isolée... pas un voisin... pas un curieux à craindre... ils seront en sûreté ici.

Mme BLANCHARD.

Tout ce que je possède est au service de ceux qui ont le cœur français, de tous ceux qui sentent palpiter au fond de leur âme l'amour de l'Empereur et la haine de l'étranger!

MARION.

Bravo! aussi je n'ai pas hésité à leur accorder cette permission... avant de vous l'avoir demandée...

Mme BLANCHARD.

Ma permission?... à qui?...

MARION.

Aux amis, donc!... au colonel Jacquemin, au commandant Maurice, à Duriveau, à Panel, et aux autres, qui viendront chez vous, ce soir même, pour arranger leurs petites affaires.

Mᵐᵉ BLANCHARD.

Ah! tu m'en diras tant! Ils seront les bien venus, et je te remercie, Marion, de leur avoir promis en mon nom un bon visage et un bon accueil. (On frappe, Marion va ouvrir.)

MARION.

Voilà déjà le commandant Maurice. (Maurice entre et referme la porte.) Ah! mon Dieu! il a l'air tout je ne sais quoi! (A Maurice, qui monte sur l'escalier de gauche pour observer le dehors.) Dites donc, est-ce que ce serait manqué, monsieur Maurice?

MAURICE.

Quoi? ah! l'objet de la réunion de ce soir? Non, non, ma bonne Marion, et je viens attendre ici les camarades.

MARION.

Allons, tout va bien; je vais faire un demi-tour du côté de la cantine... et puis après, quart de conversion chez les amis... V'là comme nous parlions à l'armée... (A Maurice.) A propos, les femmes en sont-elles?

MAURICE, descendant.

Pas les femmes... vous deux seulement, vous êtes des braves.

MARION, faisant le salut militaire.

Merci, commandant! Allons, adieu, Fanfan! (Elle lui prend la main.) Au revoir, madame Blanchard.

Mᵐᵉ BLANCHARD.

Bonsoir, Marion, bonsoir! (Marion sort.)

SCÈNE II.

MAURICE, Mᵐᵉ BLANCHARD.

Mᵐᵉ BLANCHARD.

Que disait donc Marion, mon cher Maurice, et d'où vient le trouble qu'elle lisait sur votre visage?

MAURICE.

Marion s'est trompée, ma bonne mère.

Mᵐᵉ BLANCHARD, lui prenant la main.

Mais non... votre voix est émue... votre main tremble...

MAURICE, à part.

Comment lui apprendre, sans briser son âme de joie et de douleur à la fois, que sa fille existe, mais qu'elle est au pouvoir d'un misérable?

Mᵐᵉ BLANCHARD.

Vous ne me répondez pas, Maurice?

MAURICE.

Dites-moi, madame Blanchard, avez-vous revu Olga?

Mᵐᵉ BLANCHARD.

Non, et je me plaignais à Marion de son absence si prolongée... Mais pourquoi cette question?

MAURICE.

Je ne sais; à tort ou à raison, cette étrangère m'est suspecte.

Mᵐᵉ BLANCHARD.

Olga, une étrangère! ah! ne lui donnez pas ce nom cruel, Maurice! vous seriez attendri si je vous disais les soins délicats, les attentions touchantes dont elle m'entoure à chaque instant : placée près de moi, pour me servir, je pouvais exiger d'elle la soumission d'une esclave; je suis son obligée, Maurice, car j'ai trouvé dans son cœur l'amour d'une fille.

MAURICE.

L'amour d'une fille! dans le cœur d'Olga! Ah! pauvre mère! votre âme est aveugle comme le sont vos yeux!

Mᵐᵉ BLANCHARD.

Maurice! que voulez-vous dire? vous m'épouvantez! je vous connais... vous êtes un homme sage, prudent; vous n'avez pas l'habitude de parler sans réflexion... à la légère... et après ce que je vous ai dit d'Olga, pour que vous persistiez dans vos soupçons...

MAURICE.

Des soupçons! oh! je ne la soupçonne pas, madame Blanchard!

Mᵐᵉ BLANCHARD.

Comme vous dites cela!

MAURICE.

Olga vous parle-t-elle quelquefois de votre fille?

Mᵐᵉ BLANCHARD.

Tous les jours, ou plutôt c'est moi qui lui parle d'elle... ma pauvre Louise! cela me fait du bien, Maurice, de m'entretenir de mon enfant... il me semble que c'est la faire revivre. Je lui parle, elle me répond... elle est présente pour moi... je la sens... je la touche presque... enfin, que vous dirai-je? mon infirmité au lieu d'ajouter à mes maux, les diminue, puisqu'elle me permet de voir sans cesse ma fille avec les yeux du cœur, et fait ainsi d'une illusion la réalité de ma vie!...

MAURICE, la faisant asseoir à gauche.

Jamais un instinct secret, un de ces avertissements intérieurs ne vous ont dit qu'Olga pourrait vous tromper?

Mᵐᵉ BLANCHARD.

Me tromper! pourquoi? dans quel but?

MAURICE.

Que sais-je? peut-être par obéissance aux ordres de son maître.

Mᵐᵉ BLANCHARD.

Son maître!... mais c'est le comte Manzaroff! quel intérêt?

MAURICE.

Quel intérêt?... c'est vrai... je cherche et ne trouve pas... cependant...

Mᵐᵉ BLANCHARD.

Cependant?

MAURICE.

Ce ne serait pas la première fois que la nouvelle d'une mort supposée...

Mᵐᵉ BLANCHARD.

Que dites-vous? je ne comprends pas.

MAURICE.

N'a-t-on pas vu des amis, des parents, que l'on croyait à tout jamais perdus, revenir du fond de la Russie, et reparaître tout à coup comme des fantômes sortis du sépulcre?

Mᵐᵉ BLANCHARD.

Maurice! Maurice!... voyons, qu'avez-vous dit? vous avez parlé de morts supposées, de fantômes qui renaissent à la vie... Oui, c'est cela... mais à quel propos m'avez-vous parlé ainsi? à propos de ma... Quoi! serait-il possible? Maurice, savez-vous quelque chose?... voulez-vous me rendre folle de joie!... Vous ne dites rien! ah! si je pouvais vous voir, j'aurais déjà tout lu dans vos yeux.

MAURICE.

Calmez-vous... calmez-vous... mon Dieu!

Mᵐᵉ BLANCHARD.

Me calmer! quand vous venez de me bouleverser... me calmer! quand je suis perdue d'incertitude, d'espoir, de bonheur... me calmer!... oh! non... il faut tout me dire, Maurice; on ne touche pas impunément à ces choses-là, mon enfant! Quand on soulève la pierre d'une tombe, on ne la laisse pas retomber sur un cadavre!... songez donc, ce serait horrible!... non!... on ramène au soleil de Dieu, on ramène vivante et sur le cœur de sa mère, la fille qu'elle croyait ensevelie à jamais!

MAURICE.

Pauvre mère!...

Mᵐᵉ BLANCHARD, se levant.

Pauvre mère! non heureuse! mille fois heureuse!... car tu sais qu'elle existe, n'est-ce pas?... tu le sais; tu n'oses pas me le dire... tu as peur de me tuer... ne crains rien, Maurice, je vivrai toujours assez de temps pour l'embrasser, pour la bénir!... Tu pleures!... les larmes t'empêchent de parler. Eh bien! dans mes bras, sur mon cœur!... cela voudra dire que tu me rends ma fille! (Maurice se précipite dans les bras de Mᵐᵉ Blanchard. — Elle l'embrasse.) Ah! c'est pour elle!... tiens!... c'est pour elle!... (Après un temps.) Ainsi elle existe?

MAURICE.

Allons, du calme, du calme, ma bonne madame Blanchard... Oui! elle existe!

Mᵐᵉ BLANCHARD.

Oh! mais c'est bien vrai, n'est-ce pas?

MAURICE, d'un ton de reproche.

Ah! madame Blanchard!

Mᵐᵉ BLANCHARD.

Pardon, mon enfant! ce n'est pas de toi que je doute... c'est de mon bonheur!

MAURICE.

Votre bonheur est réel, bien réel, croyez-moi.

Mᵐᵉ BLANCHARD.

Je te crois... tu l'as vue?

MAURICE.

Je l'ai vue.

Mme BLANCHARD.
Elle est bien belle, n'est-ce pas?

MAURICE, avec exaltation.
Oh, oui! bien belle!

Mme BLANCHARD, souriant.
Tu l'as vue! tu l'as vue!... elle nous aimera bien, va... tu verras. (Remontant vers le fond.) Votre bras, Maurice.

MAURICE.
Où allez-vous?

Mme BLANCHARD.
Cette question!... je vais trouver ma fille. — Votre bras?

MAURICE.
Demain vous l'embrasserez.

Mme BLANCHARD.
Demain... demain! Ah çà, mais, vous n'y pensez pas! ma fille est vivante, je le sais... j'en suis sûre... et vous voulez que j'attende jusqu'à... allons donc! c'est tout de suite, c'est à l'instant qu'il faut que je la voie... Maurice, votre bras?

MAURICE.
Chère madame Blanchard, aujourd'hui c'est impossible!

Mme BLANCHARD.
Impossible!... Pourquoi?

MAURICE.
Louise n'est pas libre.

Mme BLANCHARD.
Ah! qu'est-ce que cela veut dire?

MAURICE.
Un homme qui a tout pouvoir sur elle...

Mme BLANCHARD, traversant à droite.
Ma fille! au pouvoir d'un homme! de Manzaroff sans doute?... ma fille perdue pour moi, au moment où je la retrouve... c'est impossible! Dieu ne veut pas cela... Achevez, Maurice, expliquez-moi... (On frappe.)

MAURICE.
Chut! (Il va ouvrir.)

SCÈNE III.

MAURICE, Mme BLANCHARD, DURIVEAU, OLGA, puis PANEL.

DURIVEAU, tenant Olga par la main.
Mon commandant, avec l'honneur de votre permission, j'ai trouvé c'te jeunesse cosaque qui rôdait autour de la maison.

MAURICE.
Olga!

Mme BLANCHARD.
Olga!

DURIVEAU.
Et comme elle m'est particulièrement suspecte, je vous l'amène afin que vous décidassiez ce que vous voulez faire d'elle.

MAURICE.
Toi ici, malheureuse! et qu'y viens-tu faire?

OLGA.
Je ne sais... je venais... je voulais... (A part.) Je voulais revoir Maurice!

MAURICE.
Il s'agit de quelque nouvelle trahison sans doute?

OLGA.
Oh! non! je vous le jure. Tantôt mon cœur s'est brisé... sans le comprendre, j'ai senti que je faisais mal... et je viens...

MAURICE.
Ah! c'est trop d'impudence!... Eh quoi, tu abusais une pauvre vieille femme aveugle, tu voyais ses larmes, et tu les laissais couler!... tu savais que sa fille existe, et tu lui laissais croire qu'elle était morte!

OLGA.
J'obéissais à mon maître.

MAURICE.
Mais ton cœur est donc glacé comme le ciel de ton pays!... tu n'as donc pas d'amis?... tu n'as donc pas de mère?

OLGA, tristement.
Non, je suis orpheline.

Mme BLANCHARD.
Orpheline!... Olga, voyons, quel mal t'ai-je fait, pour que tu te venges si cruellement?

OLGA, s'approchant de Mme Blanchard.
Vous êtes bonne, maîtresse, et je vous aime.

Mme BLANCHARD.
Tu m'aimes, dis-tu? et tu me trahissais!

OLGA.
Je ne sais pas moi ce qui est bien... ce qui est mal... je suis une esclave... j'obéis à mon maître.

MAURICE.
Même quand ce maître te commande une infamie?... quand il te commande un crime?

OLGA, simplement.
Oui.

MAURICE.
Va-t'en, malheureuse, va-t'en; la mère que tu as trompée te chasse et te maudit... moi, je te hais!

OLGA, avec douleur.
Vous me haïssez!... Oh! non, non, cela n'est pas... je n'ai jamais voulu vous faire du mal, moi... tandis que vous au contraire...

MAURICE.
Que veux-tu dire?

OLGA.
Rien! rien! (A part.) Oh! j'ai bien souffert... mais il ne le saura jamais, lui!...

PANEL, entrant.
Pardon, excuse, la compagnie, si je vous dérange, mais... (Voyant Olga et baissant la voix.) V'là les amis, et Marion a dit qu'on pouvait entrer.

Mme BLANCHARD.
Qu'ils entrent! qu'ils entrent! (Duriveau et Panel entr'ouvrent la porte et reçoivent le mot de passe de tous les conjurés, qui arrivent successivement et se groupent au fond.) Venez, Maurice, vous avez encore tant de choses à me dire!... Laissons cette malheureuse enfant... Si elle est vraiment coupable, elle sera assez punie par ses remords... D'ailleurs, j'ai le cœur si plein de joie, que je ne puis maudire... Ah! quoi qu'il puisse advenir maintenant, je serai forte et consolée... puisque ma fille existe!... (Prenant son bras.) Venez, mon enfant, venez, et soyez béni pour le bonheur que vous m'avez donné.
(Ils sortent par l'escalier de droite.)

SCÈNE IV.

OLGA, DURIVEAU, PANEL.

DURIVEAU, à Olga.
Allons, filez au large!... puisqu'on vous fait grâce... mais tâchez que je ne vous trouve plus rôdant autour de nos lignes... Ou sinon! mille noms de nom! foi de Duriveau! je vous traite en vrai cosaque que vous êtes.

OLGA, regardant sortir Maurice.
Il me hait! ô mon Dieu! faites que je me sois trompée! faites que je ne l'aime pas moi! (Elle sort.)

DURIVEAU, la poussant.
Allons, accélérez! (A un conjuré.) Est-ce que nous attendons encore quelqu'un, capitaine?

LE CONJURÉ.
Oui, le colonel Jacquemin.
(Il donne à voix basse un ordre à deux autres conjurés qui vont se placer en sentinelle au dehors.)

SCÈNE V.

DURIVEAU, PANEL, puis MARION.

DURIVEAU, regardant du côté par où est sortie Mme Blanchard.
M'est avis que le coup-z-est frappé, et que la maman sait à quoi s'en tenir! Ça me plaisir pour elle. Cré nom de nom! ces pauvres bonnes femmes de mères, quand on les voit pleurer... que ce soit de joie ou de peine, ça vous fait toujours quèque chose là. (Avec sentiment.) Il est vrai que tout le monde en a eu des mères!

PANEL, qui s'est approché et qui soupire avec force.
Oh! oui! oh! oui!

DURIVEAU, se retournant.
Qu'est-ce qui vous prend, à vous? Vous reniflez comme un bœuf en bas âge.

PANEL, froissé.
Oh! sergent... cette comparaison est humiliante.

DURIVEAU.
Oui, vous avez raison, elle est humiliante... pour le veau.
(On frappe.)

PANEL.

Qui est là?

MARION, du dehors.

Marion. (Panel ouvre la porte.)

MARION, entrant.

Bonsoir, les enfants! Tiens, madame Blanchard n'est pas là. .

SCÈNE VI.

LES MÊMES, JACQUEMIN.

JACQUEMIN, entrant avec colère.

C'est une abomination, c'est une infamie!

MARION.

Le colonel Jacquemin! oh! là, là, a-t-il l'air en colère!

PANEL.

Il aura trouvé quelque chose sur sa soupe.

DURIVEAU, sentencieusement.

Il aura trouvé-z-un cheveu.

MARION.

Ou un Cosaque.

JACQUEMIN, se retournant.

Qui a parlé de nos ennemis? Vous savez donc ce qu'ils ont fait, hier, au café de la Victoire?

TOUS.

Non.

JACQUEMIN.

On vient de me l'apprendre à moi, il n'y a qu'un instant, et c'est là ce qui me rend furieux.

DURIVEAU.

Parlez, mon colonel!

TOUS.

Parlez! parlez!

JACQUEMIN.

Vous savez que le café de la Victoire est en même temps un spectacle. On boit et on voit jouer la comédie.

PANEL.

Mélange agréable pour ceux qui aiment la goutte et la musique.

DURIVEAU.

Silence dans les rangs!...

JACQUEMIN.

Eh bien, hier!... plusieurs de nos ennemis ont insulté un acteur français qui rappelait dans un couplet patriotique l'honneur de nos armes; croiriez-vous bien qu'on a voulu le forcer à faire des excuses à genoux?

TOUS.

Des excuses!

MARION.

Cristi!... des excuses!... Ah! si ç'avait été moi, je ne sais pas ce que je leur aurais fait!... Hou! les animaux!

JACQUEMIN.

Cet acteur est un homme de courage qui s'est refusé à une pareille humiliation. (Il va s'asseoir sur un banc à gauche.)

TOUS.

Il a bien fait!

MARION.

Dites-moi son nom! j'irai l'applaudir.

PANEL.

Oui, mais s'il ne joue pas?

MARION.

Je réclamerai. Je dirai qu'il faut le faire jouer à la demande générale de moi toute seule.

DURIVEAU.

Silence dans les rangs! Vous dialoguez comme des imbéciles.

JACQUEMIN.

Ce soir, les étrangers reviendront en plus grand nombre, et je sais qu'ils sont résolus à exiger par la force brutale la satisfaction qui leur a été refusée hier.

MARION.

Minute! la question est de savoir si vous les laisserez faire, colonel? -

JACQUEMIN, froidement.

Qu'en penses-tu, Duriveau?

DURIVEAU.

Mon colonel, pardon excuse, de la liberté que je vais me faire

l'honneur d'usurper... mais j'ai une petite question à vous adresser; là, d'amitié.

JACQUEMIN.

Parle, mon garçon.

DURIVEAU.

Mon colonel, à quelle heure que vous dînez généralement?

JACQUEMIN, étonné.

Je dîne à six heures.

DURIVEAU.

Et vous avez fini?

JACQUEMIN.

Toujours avant sept heures.

DURIVEAU.

Et comme ça après votre repas, prenez-vous bien une goutte de café?

JACQUEMIN.

Mais, volontiers.

DURIVEAU.

Avec le pousse-café, le gloria, la rincette, la sur-rincette et la goutte?

JACQUEMIN, se levant.

Ma foi, oui... Ah çà! où veux-tu en venir?

DURIVEAU.

Où je veux en venir?... à vous inviter, vous et les amis ici-présents, et Marion aussi, à prendre votre demi-tasse ce soir à sept heures précises, au café de la Victoire. On pourra changer d'uniformes, pour dépister les gens curieux.

TOUS, comprenant et riant.

Ah! ah! ah!

MARION, à Duriveau.

C'est superbe, mon vieux! mais ça a été long!

PANEL, après un grand temps.

Sergent!... j'ai compris au premier mot sorti de votre bouche.

DURIVEAU.

Un cadenas à la vôtre... et comme dit le proverbe : « A bon entendeur, je vous salue. »

PANEL, saluant.

Je n'en suis pas moins le vôtre, sergent.

SCÈNE VII.

LES MÊMES, MAURICE, puis Mme BLANCHARD.

JACQUEMIN, à Maurice qui rentre par la droite.

Vous avez entendu, Maurice?

MAURICE.

Oui, colonel.

JACQUEMIN, à un conjuré.

Sommes-nous en sûreté ici? Veille-t-on au dehors?

LE CONJURÉ.

Oui, mon colonel.

JACQUEMIN.

Alors, nous allons vous faire connaître, messieurs, la mission qui nous a été confiée.

LE CONJURÉ.

Nous vous écoutons avec respect, colonel.

JACQUEMIN.

Depuis que l'étranger a envahi la France, l'Empereur et l'armée, étroitement unis dans une même pensée, ont fait des prodiges de valeur. Leurs efforts ont été couronnés de succès, et dernièrement encore, les victoires de Champ-Aubert et de Montmirail sont venues ajouter deux pages glorieuses à notre histoire; mais nos ennemis sont si nombreux, qu'il faut frapper, frapper toujours pour éclaircir leurs rangs! C'est au patriotisme de tous les Français que l'Empereur fait appel... il faut que tout homme se lève et combatte!... dans un pareil moment hésiter est un crime, reculer est une honte! mourons, s'il le faut, pour la défense de notre pays, mais que sous les pas de l'étranger chaque épi devienne un poignard, chaque sillon un tombeau!

TOUS.

Oui! oui! nous le jurons!

MAURICE, du haut de l'escalier de gauche sur lequel il est monté pour observer le dehors.

Amis, êtes-vous bien résolus à employer contre l'ennemi tout ce dont peut s'armer le courage d'un soldat et le dévouement à l'Empereur?

TOUS.

Oui! oui!

MAURICE.

Jurez-vous de vivre d'une pensée unique : Napoléon ! pour un but unique : l'affranchissement du pays ! Jurez-vous de ne prendre ni repos ni trêve tant qu'un uniforme étranger attristera le soleil de notre glorieux pays, tant qu'une cavale cosaque foulera le sol sacré de la France ?

TOUS.

Nous le jurons !

MAURICE.

Je reçois donc vos serments, mes amis ! (A ce moment un conjuré placé en sentinelle au dehors accourt et fait signe de se taire. — Silence général. — On entend le bruit d'une marche militaire, musique en sourdine à l'orchestre. — On voit passer au-dessus du mur de clôture l'extrémité des lances des Cosaques. — Tous les conjurés tirent leurs épées, mais le bruit diminue et la patrouille s'éloigne. — A voix basse.) Et comme dans une entreprise de ce genre l'exécution la plus prompte est toujours la plus sûre, je vous propose d'agir dès ce soir même.

TOUS.

Voyons !

MAURICE, descendant.

Parlez, colonel.

JACQUEMIN.

Une occasion nous est offerte, le sergent avait raison : ce soir presque tous les officiers étrangers se sont donné rendez-vous au café de la Victoire, profitons de cette circonstance, emparons-nous d'eux... Une fois maîtres des chefs, nous aurons bon marché des soldats ; excitons le tumulte, et que cette échauffourée soit le signal du soulèvement de la population tout entière.

(Pendant cette dernière scène, madame Blanchard a paru sur l'escalier de droite. — Elle écoute.)

TOUS.

Bravo ! adopté !

Mᵐᵉ BLANCHARD, du haut de l'escalier.

Et moi, mes enfants, puisque je n'ai plus le courage de vous détourner d'une entreprise téméraire sans doute, mais noble et généreuse, je veux du moins prier pour vous. Mon Dieu ! tu ne refuseras pas d'entendre la voix d'une pauvre veuve qui t'implore pour son pays et pour l'illustre chef en qui se personnifient la gloire et les destinées de la France. Mon Dieu ! exauce ma prière ! mon Dieu ! protège les braves enfants qui jurent ici, avec moi, de rester fidèles à cette devise : *Tout pour la France !*

TOUS, étendant leurs épées.

Tout pour la France ! (Tableau.)

Quatrième Tableau.

LE CAFÉ DE LA VICTOIRE.

Le décor représente l'intérieur d'un café-spectacle. — A droite et à gauche, une galerie garnie de tables et de chaises. — Au fond, la scène du théâtre avec coulisses praticables ; cette scène est garnie de quinquets et d'un orchestre de musiciens. — Au milieu, et à la place du parterre, sont des tables et des chaises occupées par les spectateurs-consommateurs ; à droite et à gauche, portes au premier et au deuxième plan. Au lever du rideau, la toile du petit théâtre est levée. — On entend le final de l'orchestre. — Les acteurs et les actrices placés sur la scène saluent le public, puis le rideau baisse au bruit des applaudissements.

SCÈNE I.

UN JEUNE HOMME A LA MODE, LE MARQUIS DE BEAUFEU, FÉDÉROWITCH, OFFICIERS, COSAQUES, RATANIEFF, KROKATCHCOFF, BOURGEOIS, JEUNES FEMMES, UN MARCHAND DE JOURNAUX, GARÇONS DE CAFÉ, JACQUEMIN, MAURICE en bourgeois, MARION, UNE FEMME DU PEUPLE, UN ENFANT, SOLDATS DÉGUISÉS. (Au lever du rideau, on entend le final de l'orchestre et le bruit des applaudissements.)

VOIX dans la foule.

Bravo ! bravo !

(Un grand mouvement a lieu dans la salle ; des consommateurs se lèvent et s'en vont. — D'autres changent de places. — D'autres arrivent aux galeries et dans le parterre.)

LES GARÇONS, criant.

Renouvelez, messieurs, renouvelez.

UN MARCHAND DE JOURNAUX.

Demandez le *Moniteur Champenois*, les nouvelles du jour... trois sous.

LES GARÇONS.

Renouvelez, messieurs, renouvelez !

(Le silence se rétablit.)

DE BEAUFEU, entrant à la galerie de gauche.

Garçon !... deux glaces à la crème de lys !

UN SOLDAT, d'en bas.

On voit bien que celui-là n'a pas fait la campagne de Russie !

RATANIEFF, assis à une table du bas, au milieu et sur le premier plan.

Ainsi, mon pauvre Krokatchcoff, tu as manqué mourir de ta blessure ?

KROKATCHCOFF.

Oh ! que non !... Je ne meurs pas comme ça pour une égratignure... seulement je suis tombé... je crois même que j'ai perdu connaissance. Quand je suis revenu à moi j'avais un froid de chien... je me tâtai... j'étais tout nu étendu sur la terre... Y comprends-tu quelque chose ? Ah ! si je retrouve le coquin de bourgeois qui m'a joué ce vilain tour... il me le paiera !

JACQUEMIN, entrant avec Maurice. Il est couvert d'une douillette de soie puce, perruque poudrée et chapeau à cornes.

Voyez comme la galerie se garnit d'officiers cosaques... l'affaire sera chaude !

MAURICE, s'asseyant à une table du bas, à droite et sur le premier plan.

Tant mieux.

DE BEAUFEU, à un jeune homme placé près de lui, désignant Jacquemin.

Voyez donc, monsieur le vicomte, ce gentilhomme qui cause là-bas avec ce bourgeois, le connaissez-vous ?

LE JEUNE HOMME.

Non, par la mort Dieu ! je ne l'ai vu ni à Londres ni à Coblentz... je serais curieux de savoir son nom.

DE BEAUFEU.

Voulez-vous que nous allions le lui demander ?... Aussi bien nous lui rendrons service, car il s'encanaille avec ce bourgeois.

LE JEUNE HOMME.

Volontiers.

(Ils se lèvent et sortent de la galerie.)

KROKATCHCOFF, apercevant une femme assise à une table.

Oh ! la belle femme !

(Il s'approche d'elle.)

FÉDÉROWITCH, entrant la galerie de droite.

Garçon !... du champagne et de l'eau-de-vie !

(Il s'assied au premier plan.)

UNE FEMME DU PEUPLE, assise à une table à gauche avec son enfant, à Krokatchcoff.

Voulez-vous me laisser tranquille ?

KROKATCHCOFF, voulant l'embrasser.

Allons donc !

L'ENFANT, criant et tirant le Cosaque par la jambe.

Maman ! voulez-vous laisser maman !

KROKATCHCOFF.

Morbleu, je l'embrasserai !

MARION, entrant par la porte de gauche et lui donnant un soufflet.

Tu embrasseras ma main, mon fiston, si le cœur t'en dit !

LES SOLDATS ET LES BOURGEOIS.

Bravo ! bravo !

KROKATCHCOFF, repoussant l'enfant d'un coup de pied.

Au diable l'avorton ! et malheur à vous !

(Il veut tirer son sabre, mais deux ou trois Cosaques l'arrêtent.)

LES BOURGEOIS.

A bas les Cosaques !

FÉDÉROWITCH, se levant.

Hein ? qu'y a-t-il ?

KROKATCHCOFF.

Mon officier, c'est une femme qui m'a donné un soufflet.

UNE VOIX.

Elle a bien fait !

VOIX dans la foule.

Non ! si ! si !

FÉDÉROWITCH.

Allons, taisez-vous ! (A Krokatchcoff.) Et si elle recommence, tue-la.

(Murmures dans la foule. Marion fait prendre un verre d'eau à la femme du peuple et la fait asseoir à une table à gauche, premier plan.)

MAURICE.

C'est une indignité !

UN SOLDAT, bas à Maurice.

Faut-il commencer ?

MAURICE.

Non. Attendez le signal convenu ; nous ne sommes pas encore au complet. (Regardant par la petite porte de droite.) Ah ! voici Panel et Duriveau.

SCÈNE II.

Les Mêmes, DURIVEAU en marchand de journaux, PANEL en marchand de
sucre d'orge. (Duriveau conduit son chien muselé.)

PANEL, d'une voix criarde.

Voilà le marchand de sucre d'orge !... demandez, faites-vous
servir : .sucre d'orge à la vanille, au citron, à la fleur d'orange,
pour messieurs les enfants; sucre d'orge au suif, à la graisse et au
saindoux pour messieurs les Cosaques. Demandez, faites-vous
servir ! Voilà le marchand de sucre d'orge !

DURIVEAU, entrant par la droite, bas à Panel.

Taisez-vous !... laissez-moi parler. (Haut, d'une voix grave.) Demandez le nouveau journal de Troyes : *le Cosaque élégant,* journal po-
litique et littéraire, à l'usage de messieurs les tailleurs, de mesdames les couturières et de messieurs les diplomates. L'aventure
extraordinaire arrivée-z-à un épicier de la rue des Lanternes qui
avait perdu-z-un paquet de chandelles et qui l'a retrouvé dans la
barbe d'un Cosaque. (Rires dans la foule, il distribue des journaux à droite et
à gauche. Gravement.) C'est-z-imprimé : demandez *le Cosaque élégant,*
ça ne vaut que deux sous ! (A son chien qui grogne.) Veux-tu te taire,
Caporal !
(Il s'assied avec Panel à la table qu'occupaient Krokatchcoff et Ratanieff.)

LA FEMME DU PEUPLE, d'une voix grave et émue, à son enfant.

Regarde bien ces hommes, mon enfant, ce sont les ennemis de
ton pays... ce sont eux qui ont tué ton père, qui ont insulté ta
mère... souviens-toi de cela quand tu seras grand !

L'ENFANT.

Mère, quand je serai grand, je prendrai un fusil et je tuerai les
Cosaques.

MARION, l'embrassant.

Bravo ! le moutard ! D'ici là, viens me trouver, je t'apprendrai
l'exercice et je te donnerai du nanan.

DE BEAUFEU, à Jacquemin.

Pardon, monsieur le... monsieur de...

JACQUEMIN, à part.

Que me veut cet original ?

DE BEAUFEU.

Monsieur le marquis, je crois ?

JACQUEMIN, se levant.

Baron, seulement; baron, mon cher monsieur..... pour vous
servir.

DE BEAUFEU.

Et moi, marquis, monsieur le baron... marquis de Beaufeu,
ci-devant capitaine-major des perroquets de la reine, ex-voltigeur
de l'armée de Condé, et votre très-humble serviteur, monsieur le
baron. (Ils se saluent.)

MARION, bas, à Duriveau.

Vous avez donc amené votre chien ?

DURIVEAU.

Il pourra nous servir. (Le caressant.) Voilà le véritable ami des
Cosaques !...

LE MARCHAND DE JOURNAUX, au fond.

Demandez la pièce que l'on va jouer : *Le Retour du Soldat,*
dix sous.

JACQUEMIN.

Touchez là, monsieur le marquis; foi de gentilhomme ! comme
disait le roi chevalier, nous sommes faits pour nous entendre.

DURIVEAU, à Panel.

Voilà deux pékins qui commencent à m'agacer furieusement !
(Se levant et allant à Jacquemin en lui mettant brusquement son journal sous le
nez.) *Le Cosaque élégant !* Ça ne vaut que deux sous ! (Reconnaissant
Jacquemin.) Mon colonel ! (Il fait le salut militaire.)

JACQUEMIN, bas, et le faisant descendre à l'avant-scène.

Chut ! Suis-je bien déguisé ?

DURIVEAU, avec humeur.

Vous avez l'air du marquis de Carabas !

JACQUEMIN.

Nos amis ?

DURIVEAU.

Sont prêts et impatients de commencer la contredanse... C'est
égal, c'est une fichue idée que vous avez eue d'endosser cet uniforme !

JACQUEMIN, entr'ouvrant sa douillette.

Il en cache un autre... Regarde. (On aperçoit l'uniforme de la garde.)

DURIVEAU.

A la bonne heure ! J'aime mieux celui-là !... (Ils retournent à leurs
places.)

LE MARCHAND DE JOURNAUX.

La pièce que l'on va jouer : *Le Retour du Soldat,* dix sous.

KROKATCHCOFF, à la galerie de droite. Bas, à Fédérowitch.

C'est cet homme couvert d'une douillette de soie puce, (Il indique
le colonel Jacquemin.)

FÉDÉROWITCH.

Un déguisement, sans doute. Ne le perdez pas de vue, et au
moindre bruit saisissez-le.

DURIVEAU, poussant un cri.

Ah ! mon Dieu !

PANEL.

Quoi donc ?

DURIVEAU, désignant Krokatchcoff.

Mon Cosaque ?...

PANEL.

C'est lui !

DURIVEAU.

Comment se fait-il que je l'aie tué, et qu'il n'en soit pas mort ?

PANEL.

C'est qu'il en sera revenu !

PLUSIEURS OFFICIERS COSAQUES, à Fédérowitch.

Qu'y a-t-il ?

FÉDÉROWITCH.

Un homme qu'on vient de me signaler comme très-dangereux !
Vous n'ignorez pas, messieurs, pourquoi nous sommes ici ? Il s'a-
git de donner une bonne leçon aux drôles qui osent nous narguer !
Vous êtes armés, sans doute ?

LES OFFICIERS.

Oui, tous.

FÉDÉROWITCH.

C'est bien, attendons, et souvenez-vous qu'il nous faut des
excuses. (On entend les accords du petit orchestre.)

MARION, à Duriveau.

Ah ! ah ! la pièce va bientôt commencer. Attention ! (Duriveau et
Panel se lèvent et vont se placer à une petite table à gauche, tout à fait au premier plan. — Le milieu du parterre est un peu dégarni de consommateurs, afin
qu'on puisse voir la scène qui va se jouer au fond. — Bas, à la Femme.) Allez-
vous-en, ma brave femme; croyez-moi.

LA FEMME.

Pourquoi ?

MARION.

Parce que tout à l'heure il fera peut-être trop chaud ici.

L'ENFANT.

Je veux voir la pièce où l'on chante un couplet contre les Cosaques, moi, na !

MARION, l'embrassant.

Amour d'enfant ! Est-il gentil ! est-il gentil !

PANEL.

Tiens, petit, voilà un bâton de sucre d'orge. (A Duriveau.) Attention au couplet... c'est dans la première scène.

L'ENFANT, à Marion.

Chantera-t-il ?

MARION.

Sois tranquille, mon bibi, s'il ne chante pas, je chanterai, moi;
je sais par cœur le couplet, prose et musique.
(On frappe les trois coups, murmure général, applaudissements, cris, puis
un silence profond.)

DURIVEAU, à son chien.

Veux-tu te taire, Caporal !

(La toile se lève.)

Cinquième Tableau.

UN VAUDEVILLE EN 1814.

(Le petit théâtre représente une fête de village; des jeunes filles portant
de gros bouquets de fleurs, entourent une mariée. — Un ménétrier se
dispose à faire danser.)

SCÈNE I.

UNE MARIÉE, UN MARIÉ, GEORGES, un Ménétrier, Paysans et
Paysannes. (Tous les acteurs du tableau précédent sont dans la salle du
café.)

CHŒUR DES JEUNES FILLES.

Jeunes garçons, jeunes fillettes,
Aux sons des hautbois, des musettes,
Célébrons en cet heureux jour
L'hymen, le plaisir et l'amour !

LA MARIÉE.

Merci, mes amies, merci! Hélas! pourquoi faut-il qu'un si beau jour soit attristé par l'absence de mon frère..... de mon pauvre frère, qui est parti soldat, il y a bientôt cinq ans, et dont je n'ai pas de nouvelles!...

LE MARIÉ.

Ne vous désolez pas, mon amie, votre frère reviendra... Et si nous devons le pleurer, une consolation nous reste : c'est de penser qu'il est mort pour l'honneur de son drapeau et pour la défense de son pays.

VOIX NOMBREUSES, au parterre.

Bravo! bravo! (Murmures dans les galeries.) A la porte! à la porte! à bas les Cosaques!

AUTRES VOIX.

Écoutez! écoutez!

(Le tumulte s'apaise.)

LE MARIÉ.

Allons, mes amis, reprenez vos jeux et vos chants, et que rien désormais ne vienne altérer la joie d'un si beau jour.

LE CHŒUR, reprenant.

Jeunes garçons, jeunes fillettes,
Aux sons des hautbois, des musettes,
Célébrons en cet heureux jour
L'hymen, le plaisir et l'amour!

GEORGES, paraissant au fond.

Arrêtez!

VOIX, dans la salle.

Le voilà! c'est lui! attention!

LA MARIÉE.

Mon frère!

TOUS LES PAYSANS.

Georges!

GEORGES.

Plus de chants... plus de fêtes... des vêtements de deuil!
(On entend la ritournelle. Chut! nombreux dans la salle.)

FÉDÉROWITCH, se levant.

Passez le couplet!

VOIX NOMBREUSES.

Non! non!

FÉDÉROWITCH, à l'acteur.

Je vous défends de le chanter!

MAURICE, et les soldats déguisés.

De quel droit? le couplet! le couplet!

LES COSAQUES.

Non! non!

LES SOLDATS.

Si! si!

L'ACTEUR, au public.

Messieurs, mon devoir est de chanter ce qui est dans mon rôle, je chanterai.

VOIX NOMBREUSES.

Bravo! bravo!

DURIVEAU, d'une voix éclatante.

Bravo, le comédien!

FÉDÉROWITCH, sur la ritournelle.

Alors, malheur à vous!

GEORGES.

Air nouveau de M. Fossey. (1)

Pauvre soldat, prisonnier des barbares,
La joie au cœur, je reviens au pays,
Quand j'aperçois des hordes de Tartares
Fouler nos champs sous leurs pieds ennemis...

(Cris dans la salle et aux galeries, sifflets, trépignements.)
Des excuses! non! non!

PANEL, seul et lorsque le silence est rétabli.

A bas les Cosaques! (On rit.)

GEORGES, s'animant et d'une voix plus forte.

Quoi! sans pudeur, vous courez à la danse...
Ah! brisez-moi musette et violon,
Quand l'étranger ose envahir la France,
Il faut danser à la voix du canon!

(1) A cause de la rapidité de l'action et des exigences de la mise en scène, l'acteur ne chante que ce couplet; le lecteur trouvera la chanson entière à la suite de la pièce.

TOUS LES FRANÇAIS, se levant et en chœur.

Quand l'étranger ose envahir la France,
Il faut danser à la voix du canon

VOIX NOMBREUSES.

Bravo! bravo! bis! bis!

FÉDÉROWITCH, de la galerie.

Des excuses!

LES FRANÇAIS.

Non! non!

AUTRES VOIX.

Des excuses! des excuses!

(Tumulte effrayant. — Tous les Français sont debout et menacent du geste les Cosaques placés à la galerie.)

FÉDÉROWITCH, avec force.

Des excuses!

L'ACTEUR.

Jamais!

FÉDÉROWITCH, armant un pistolet.

Il faut en finir!

(Il fait feu. — L'acteur tombe, les paysans et les paysannes se sauvent effrayés.)

TOUS.

Ah!

FÉDÉROWITCH, désignant Jacquemin.

Arrêtez l'homme à la douillette!... c'est le chef du complot.

MAURICE.

C'est un assassinat! vengeance, mes amis!

JACQUEMIN.

Soldats de la vieille garde, à moi!
(Tous les soldats jettent leurs déguisements et paraissent sous divers uniformes de l'armée impériale.)

TOUS, s'armant de sabres et de pistolets

Mort aux Cosaques!

(Tumulte général. — Une lutte s'engage entre les Français et les Cosaques qui occupent le parterre. — Les Cosaques placés à la galerie, repoussent les soldats qui veulent envahir cette galerie et font feu sur les Français. Les Cosaques sont repoussés jusque sur le petit théâtre où une lutte nouvelle s'engage. — Pendant ce mouvement, un Cosaque a saisi la femme du peuple et cherche à l'entraîner. L'enfant ramasse un pistolet et tue le Cosaque.)

JACQUEMIN et MAURICE.

A l'assaut! à l'assaut!

(Duriveau et Panel apportent chacun une échelle, les autres soldats entassent les tables les unes sur les autres et cherchent à escalader la galerie.)

DURIVEAU, à Krokatcheoff placé à la galerie de droite.

Attends, Trompe-la-mort!... cette fois tu ne m'échapperas pas!
(A l'aide de son échelle il monte dans la galerie, il lutte avec lui et le renverse.) Gare là-dessous! il pleut des Cosaques!... (Le jetant du haut de la galerie.) Pile ou face?

PANEL, du bas.

C'est pile, sergent... Ah! quelle pile!...
(A ce moment, on entend la charge au dehors. — Les portes de sortie sont occupées par des soldats russes et par des Cosaques. — Des Cosaques paraissent aussi au fond du théâtre.)

JACQUEMIN.

Trahison! nous sommes cernés par des forces supérieures.
(Tous les Français se groupent sur la gauche et se font un rempart des tables et des chaises.)

MAURICE.

Eh bien, sortons d'ici à la pointe de nos épées... En avant, et vive l'Empereur!

TOUS.

Vive l'Empereur!

(Mêlée générale. — Marion, qui a saisi un tambour, bat la charge avec énergie. — Tableau.)

ACTE IV.

Sixième Tableau.

LE CAMP DES COSAQUES.

La tente de Manzaroff au bois de Creney. Sur le devant du théâtre, à droite, un gros chêne dont le sommet se perd dans les frises. — Une branche énorme traverse horizontalement la scène dans toute sa largeur, et va se perdre dans la coulisse de gauche où sont d'autres arbres. — Au tronc de ce chêne, une tente est accrochée. Cette tente, retenue par des piquets, est ouverte complétement du côté du public, et descend jusqu'à l'avant-scène. Elle a une ouverture au fond et une autre à droite, communiquant avec une seconde tente. On voit un factionnaire passer et repasser devant l'ouverture du fond. — Aux derniers plans, à droite et au fond, une ligne de tentes gardées par des factionnaires. — A gauche, le bois. — A l'extérieur de la tente et dans l'enceinte du camp, tableau très-animé : des Cosaques sont couchés sur la terre, d'autres font la cuisine, d'autres jouent et fument. — Il fait nuit. — La tente est éclairée par une lampe placée sur une petite table, et le camp, par les feux de bivouacs.

SCÈNE I.

FÉDÉROWITCH, MANZAROFF. (Le premier venant du fond, l'autre de côté. Olga est couchée sur une natte placée près de la table à droite.)

FÉDÉROWITCH.

Eh bien, quelles nouvelles du conseil de guerre ?

MANZAROFF.

Tous les Français arrêtés au café de la Victoire sont condamnés à mort. Le général Sacken, qui est arrivé ce soir et qui a pris le commandement, a été inexorable.

FÉDÉROWITCH.

Il a bien fait. Je l'approuve. Vive Sacken !

MANZAROFF.

Oh ! il ne ménage personne ! Je crois que nous-mêmes, si nous désobéissions à ses ordres, il ne nous épargnerait pas plus que d'autres ; il est furieux d'avoir été battu à Montmirail et à Montereau.

FÉDÉROWITCH.

Ainsi, votre rival... le jeune Maurice... vous en voilà débarrassé L'imbécile ! se faire prendre à ce café comme dans une souricière ! Il devait pourtant bien se douter du sort qui l'attendait.

OLGA, à part.

Condamné !

MANZAROFF.

C'est moi qui suis chargé des détails de l'exécution.

FÉDÉROWITCH.

Alors, son compte est clair, à moins qu'il n'espère en vous pour sa délivrance.

MANZAROFF.

La chose vous semble-t-elle probable, Fédérowitch ?

FÉDÉROWITCH.

Et vous, Manzaroff, qu'en pensez-vous ?

OLGA, à part.

Ils raillent, les cruels !

(Roulement de tambour.)

FÉDÉROWITCH, remontant au fond.

Qu'est-ce que cela ?

MANZAROFF.

Le signal de l'exécution.

FÉDÉROWITCH, regardant au dehors.

Je ne vois pas le commandant Maurice parmi les soldats français...

OLGA, avec joie.

Ah ! c'est vrai !...

MANZAROFF.

Non. Sacken m'a ordonné de l'interroger... il espère obtenir des révélations importantes... je me conformerai aux instructions du chef. C'est deux heures d'existence de plus pour le condamné, voilà tout !

SCÈNE II.

LES MÊMES, DEUX SOLDATS FRANÇAIS, gardés par un peloton de Cosaques, MARION, OFFICIERS DE COSAQUES.

(Ils sortent tous de la seconde tente.)

MANZAROFF, aux Officiers.

Si l'on amène d'autres prisonniers, j'aurai soin de faire prévenir le conseil. (Saluant les Officiers.) Messieurs... (Les Officiers sortent. — A l'Officier commandant le peloton.) Allez ! et que le jugement soit exécuté sur-le-champ.

L'OFFICIER, aux Français.

Marchez !

LES DEUX SOLDATS, élevant leurs chapeaux.

Vive l'Empereur !

(Ils sortent.)

MARION, essuyant une larme.

Braves gens, va !

SCÈNE III.

MANZAROFF, MARION, OLGA, FÉDÉROWITCH, COSAQUES, au fond.

MANZAROFF, à Marion.

Vous cherchiez, m'a-t-on dit, à exciter contre nous des groupes hostiles rassemblés à la porte du café de la Victoire. Rendez grâces à Dieu d'être une femme... sans cela...

MARION.

Eh ben, qu'est-ce que vous feriez ?... vous me feriez fusiller ?... ça m'est bien égal ! croyez-vous que j'aie peur de vos vilains Calmoucks !... mais c'est pas des hommes, ça !

(Elle marche sur eux. — Les Cosaques reculent involontairement.)

MANZAROFF.

Taisez-vous !

MARION, à mi-voix.

Mais si vous me faites fusiller, qui est-ce qui prendra soin de votre belle-mère, monsieur Manzaroff ?

MANZAROFF, bas.

Chut !... tu sais donc ?..

MARION.

Je sais tout.

MANZAROFF, haut.

C'est bien... va-t'en, tu es libre... mais veille bien sur ta langue... autrement...

(Il remonte au fond et cause avec Fédérowitch.)

MARION.

Suffit... je connais vos moyens de persuasion.

OLGA, se soulevant et appelant Marion.

Marion !... tâchez de rester dans le camp.

MARION.

La petite Cosaque... traîtresse, va !

OLGA.

Ne vous méfiez pas de moi, faites ce que je vous dis... c'est pour Maurice.

MARION, à part.

Pour Maurice !... après tout, qu'est-ce que je risque ?

MANZAROFF, apercevant Marion.

Que faites-vous encore là ?

(Il s'assied à la table.)

MARION.

Pardon, excuse... c'est que j'avais encore quelque chose à vous demander... Lorsqu'on m'a arrêtée, j'allais innocemment débiter mes marchandises... et vous voyez, mon panier est encore plein... ma journée sera perdue si vous ne me donnez pas une petite permission par écrit de vendre tout ça dans votre camp. Vos Cosaques sont affreusement laids, c'est vrai, mais ils boivent bien, c'est une compensation.

(Olga lui a fait des signes d'approbation pendant qu'elle a parlé.)

MANZAROFF signe rapidement une permission.

Va-t'en au diable, et fais ce que tu voudras.

MARION.

Merci. (A part.) Est-il aimable ! (Haut.) Messieurs les Cosaques, ne vous donnez pas la peine de me reconduire... Oh ! mais sont-ils laids !...

(Au moment où Marion va sortir, on entend la voix de Ruskoé au dehors.)

SCÈNE IV.

Les Mêmes, RUSKOÉ, DURIVEAU, PANEL, DE BEAUFEU,
KROKATCHCOFF, Cosaques.

RUSKOÉ, à la cantonade.

Halte ! gardez bien les prisonniers.

(Il entre dans la tente.)

MANZAROFF, toujours assis.

Qu'y a-t-il ?

RUSKOÉ.

Deux femmes et un homme, à la tournure suspecte, viennent
d'être arrêtés.

MANZAROFF.

C'est bien. Donne-moi le rapport... quand j'appellerai... tu les
feras entrer dans cette tente ; va !...

(On aperçoit Duriveau et Panel entrer par la coulisse de gauche. — Duriveau est déguisé en vieille femme paralytique, Panel, en bayadère.
Duriveau a un énorme chapeau qui lui cache la figure. — Panel est en
turban. — Derrière eux, M. de Beaufeu. — Ils restent tous en dehors
de la tente.)

MARION, regardant Duriveau et Panel.

Qu'est-ce que c'est que ça ?

DURIVEAU, nasillant.

Mes bons Cosaques, je vous réitère que nous sommes innocentes... innocentes comme deux rosières de Nanterre. (A Panel.)
N'est-ce pas, Ernestine ?

PANEL, d'une voix flûtée.

Oh ! oui, mé-mère !... le jour n'est pas plus pur que le fond de
mon cœur !

DE BEAUFEU, aux Cosaques.

Prenez garde, messieurs, prenez garde, j'ai été arrêté par
erreur... je suis le marquis de Beaufeu... ci-devant capitaine-
major...

RUSKOÉ.

Taisez-vous !

DE BEAUFEU.

Capitaine-major des perroquets...

RUSKOÉ, menaçant.

Taisez-vous !

DE BEAUFEU.

Je me tais... mais je proteste.

DURIVEAU, apercevant Marion.

Marion ! cré nom de nom ! si je pouvais... (A Panel.) Trouvez-
vous mal !...

PANEL, qui ne comprend pas.

S'il vous plaît, sergent ?

DURIVEAU.

Trouvez-vous mal, je le veux !

PANEL.

Ah ! bien... voilà !

(Il se laisse aller en poussant des cris perçants.)

DURIVEAU.

Ah ! mon Dieu ! ah ! mon Dieu ! ma pauvre fille ! (Panel s'affaisse.)
Je la sens qu'elle flageolle !...

PANEL.

Oui, je flageolle, maman !

(Il se laisse aller tout à fait dans les bras d'un grand Cosaque qui s'avance
pour le soutenir ; ce Cosaque, c'est Krokatchcoff.)

KROKATCHCOFF, avec admiration.

La belle femme !

DURIVEAU, à part, et cachant sa figure avec son mouchoir.

Mon Cosaque !... cré nom de nom ! il était tombé pile... il a
donc l'âme chevillée dans la moelle pépinière !

PANEL, d'une voix faible.

J'ai soif !

DURIVEAU.

Vite, un verre d'eau zà cette pauvre enfant !

MARION, accourant.

Un verre d'eau ?... voilà !

DURIVEAU, bas à Panel.

Trouvez-vous donc mal mieux que ça, animal. (Panel gigotte.) Ah !
mon Dieu !... elle a du mal de nerfs !...

KROKATCHCOFF, toujours en extase.

La belle femme !

PANEL, le reconnaissant.

Ah !

MARION.

Voilà le verre d'eau...

PANEL, d'une voix mourante.

Avec un peu de rhum dedans...

DURIVEAU, lui donnant un coup de pied.

Gourmand que vous êtes !... (Haut, lui tapant dans les mains.) Reviens
à toi, cher ange ! (Bas.) Ah ! il vous faut du rhum ! (Haut.) Pauvre
bichon chéri ! (Bas.) Avec du sucre peut-être ! cré nom de nom !...

MARION, offrant un verre.

Le grog demandé !

PANEL, vivement.

Donnez !

MARION, reconnaissant Panel.

Ah ! (Duriveau lui marche sur le pied pour la faire taire : se retournant et
reconnaissant Duriveau.) Oh !...

DURIVEAU, nasillant.

Pardon, excuse, ma bonne dame, excusez une pauvre femme
du sexe, paralysée des deux bras.

(Il lui fait un signe mystérieux en mettant son doigt sur sa bouche.)

MARION, bas.

Pourquoi ce déguisement ?

PANEL, bas.

Nous allions être pincés... Duriveau a eu l'idée d'entrer dans le
magasin de costumes du café de la Victoire... et voilà.

MARION.

Mais, vos moustaches ?...

PANEL.

Nous n'avons pas eu le temps de les couper. (Changeant de ton, et
lui tendant le verre vide.) Merci bien, madame.

MARION, faisant une révérence.

A vos ordres, mademoiselle... (Bas.) Le commandant Maurice est
là...

(Elle montre la tente et s'éloigne.)

SCÈNE V.

Les Mêmes, moins MARION.

MANZAROFF, à Ruskoé.

Allons, faites entrer. (Manzakoff se place au coin de la table, Fédérowitch
s'assied à côté de lui. On introduit Duriveau et Panel. De Beaufeu reste au fond
gardé par des Cosaques. A Duriveau.) Vous, d'abord... (Il parcourt la note que
Ruskoé lui a remise.) Vous avez été arrêtées toutes les deux dans les
coulisses du café de la Victoire... que faisiez-vous là ?...

DURIVEAU.

Notre métier... faut bien gagner sa pauvre vie !... Telle que vous
m'apercevez, je suis une pauvre femme du sexe, paralysée des
deux bras.

MANZAROFF.

Votre profession ?...

DURIVEAU.

Habilleuse.

FÉDÉROWITCH.

Habilleuse ! et vous êtes paralytique ?

PANEL, bas.

Ah ! cette fois, vous avez dit une bêtise, sergent.

DURIVEAU, vexé.

Allons, obtempérez !

MANZAROFF, à Panel.

Et vous ?

PANEL, s'avançant d'un air dégagé.

Je suis sa fille, mon bon monsieur, pour vous servir !...

DURIVEAU.

Ma fille... belle comme les anges, et timide comme une colombe...
une vraie-z-ingénue, quoi !

FÉDÉROWITCH.

Elle a la peau bien noire pour une colombe...

(Manzaroff cause bas avec Fédérowitch.)

DURIVEAU.

C'est le blanc... au théâtre les femmes mettent du blanc... et ça
noircit la peau... (Bas à Panel.) Cré nom de nom ! ils se consul-
tent... ça n'annonce rien de bon.

MANZAROFF, écrivant.

Allons ! il n'y a rien à faire de ces femmes... je vais leur donner
un sauf-conduit pour sortir du camp.

PANEL, bas à Duriveau.

Ah çà, mais, ou ils se moquent de nous, ou bien c'est des jobards finis!

MANZAROFF, tendant le papier à Duriveau.

Tenez!

DURIVEAU, avançant la main vivement.

Merci!

MANZAROFF.

Ah! ah! vous êtes bien agile pour une paralytique. (Aux Cosaques.) Emparez-vous de ces hommes!...

DURIVEAU, bas.

Cristi! (Se débattant.) Ah! Dieu! ah! ciel!...

PANEL.

M'man! m'man! on outrage la pudeur de votre fille!...

(Dans la lutte, une partie de leurs vêtements tombe. — La jupe de Duriveau reste dans la main d'un des Cosaques, il paraît couvert de son uniforme.)

MANZAROFF.

Ah! ah! des soldats!... je m'en doutais... vos noms?

DURIVEAU, d'une voix ferme.

Martial Duriveau, originaire de Tours en Touraine, sergent au premier régiment des chasseurs de la garde... ennemi des étrangers en général, et des Cosaques en particulier.

MANZAROFF, à Panel.

Et vous?

PANEL.

Jean Panel, soldat au même régiment... même profession de foi que mon supérieur.

MANZAROFF, écrivant.

C'est bien... dans un instant vous paraîtrez devant le conseil de guerre... (A Ruskoë.) Aux autres, maintenant.

DE BEAUFEU, entrant.

Ah! je vais donc pouvoir parler enfin... figurez-vous, monsieur...

MANZAROFF, brusquement.

Taisez-vous! attendez qu'on vous interroge... (A Duriveau et à Panel.) Vous connaissez cet homme?...

DE BEAUFEU.

Mais je vous affirme que vous vous trompez grossièrement... je ne connais pas ces messieurs... Je suis le marquis de Beaufeu.

MANZAROFF, frappant sur la table.

Taisez-vous!

DURIVEAU, bas à Panel.

Un marquis! (A Panel.) Attends, tu vas voir!... (Haut à de Beaufeu.) Allons, allons, colonel, les batteries sont démasquées... nous sommes reconnus.

DE BEAUFEU, stupéfait.

Mais vous vous trompez! mais c'est inouï!... mais je vous jure!...

FÉDÉROWITCH.

Taisez-vous!

MANZAROFF, aux deux soldats.

Ainsi, vous reconnaissez cet homme pour être le colonel Jacquemin?

DURIVEAU.

Je le reconnais...

PANEL.

Je le reconnais;

(Il pousse Panel du coude.)

DE BEAUFEU.

Ils me reconnaissent!... Ah! c'est trop fort! mais, malheureux!...

MANZAROFF, se levant.

L'identité est constatée... emmenez le colonel dans votre tente, Fédérowitch. (Aux Cosaques.) Vous, gardez à vue ces deux hommes, et ramenez-les ici dans une demi-heure, le conseil prononcera.

DURIVEAU.

Merci! notre affaire est toisée!

PANEL.

Oui, fusillés!

DE BEAUFEU.

Fusillés! Ah! mais non!... je ne veux pas! je proteste!... Je vous répète que je suis le marquis de Beaufeu, ci-devant capitaine-major...

FÉDÉROWITCH, brutalement.

Taisez-vous!... nous connaissons cette plaisanterie... Allons, marchez... ou sinon... (Aux Cosaques.) Bourrez-lui les côtes!...

(On l'entraîne en le bousculant.)

SCÈNE VI.

MANZAROFF, seul, puis LOUISE.

MANZAROFF, se levant.

Tout va bien... Maurice est condamné à mort par un conseil de guerre. J'ai parlé en sa faveur... inutilement, c'est vrai; mais enfin, j'ai parlé... Louise, en supposant qu'elle aime cet homme, ne pourra me reprocher d'avoir versé son sang. N'aurai-je pas fait, au contraire, tous mes efforts pour le sauver? J'ai demandé au conseil un sursis à l'exécution, sous le prétexte d'obtenir des révélations du condamné; je lui offrirai sa grâce, à la condition de faire connaître ses complices... Il refusera... tous les torts seront de son côté, et ma foi... s'il lui arrive malheur... la comtesse ne pourra m'adresser aucun reproche... Allons...

(Il fait un pas pour entrer dans la deuxième tente.)

LOUISE, entrant par le fond.

Monsieur!... Ah! vous voilà!... je craignais d'arriver trop tard!...

MANZAROFF.

Vous ici, madame... à cette heure de la nuit!... Quel motif si grave?...

LOUISE.

Répondez-moi, monsieur!... Le commandant Maurice?

MANZAROFF, désignant la seconde tente.

Rassurez-vous, madame, il vit, il est là...

LOUISE.

Mais il est condamné, n'est-ce pas?...

MANZAROFF.

Hélas! madame, tous mes efforts n'ont pu le sauver; mais il sera profondément touché, j'en suis sûr, de l'intérêt que vous lui témoignez...

(Olga, sur un geste de son maître, se lève et sort doucement de la tente, elle va se placer en dehors; mais en vue du public et de manière à pouvoir entendre ce qui se dit à l'intérieur.)

LOUISE.

Monsieur le comte, trêve de railleries, je vous en supplie... je sais tout ce que ma démarche a de blessant pour vous... mais le commandant Maurice est un ami de ma mère... de ma mère auprès de laquelle il devait me conduire, et que vous ne m'avez pas encore permis d'embrasser, malgré mes prières et mes supplications... De ma mère qui est en France, près de moi, peut-être, et qui pleure sa fille morte! Eh bien, accordez-moi la vie de ce malheureux jeune homme, monsieur le comte, et j'oublierai tout ce qui s'est passé, pour ne me souvenir que de votre générosité.

MANZAROFF.

Dites-vous vrai, madame?

LOUISE.

Oh! je vous le jure, sur le salut de mon âme, je serai pour vous une épouse soumise et dévouée... et si vous m'avez condamnée à ne jamais revoir ma mère... Eh bien!... ah! c'est horrible!... Eh bien!... j'obéirai sans murmurer, sans me plaindre... je vous suivrai partout où il vous plaira de me conduire, loin de mon pays, loin de ma mère!... Oh! mais, sauvez ce jeune homme, monsieur le comte, sauvez ce jeune homme!...

MANZAROFF.

Relevez-vous, madame... et écoutez-moi... c'est un marché que vous me proposez... je l'accepte!...

LOUISE.

Oh! monsieur!...

MANZAROFF.

Ce jeune homme sera sauvé par moi... s'il y consent; mais voici à quelles conditions : Dès demain, vous quitterez la France, vous partirez pour la Russie sous la garde d'un esclave dévoué, sans revoir Maurice! sans revoir votre mère!

LOUISE.

Sans revoir ma mère!

MANZAROFF.

A votre tour, madame, acceptez-vous?

LOUISE.

J'accepte, monsieur.

MANZAROFF.

C'est bien.

(Il remonte vers le fond.)

Mme BLANCHARD, de la coulisse de gauche.

Monsieur le comte Manzaroff!... je veux parler à monsieur le comte Manzaroff!...

LOUISE.

La voix de ma mère !

MANZAROFF.

Elle ici !... qu'y vient-elle faire ?... Je ne veux pas la recevoir...

LOUISE, suppliante.

Oh ! monsieur, je vous en supplie, laissez-moi voir ma mère... une minute... une seconde !... et je vous jure que j'aurai la force de me taire, d'imposer silence à mon cœur, d'étouffer mes sanglots... mais qu'elle entre, monsieur... Que je voie encore une fois ses cheveux blancs, ses mains qui m'ont bercée !... Vous n'avez rien à craindre, monsieur... elle entendra peut-être mes sanglots, mais elle ne pourra me reconnaître, elle ne me verra pas... puisqu'elle est aveugle !

MANZAROFF, avec humeur, à la cantonade.

Laissez entrer... (A Louise.) Songez bien, madame, à ce que vous m'avez juré... un mot imprudent serait l'arrêt de mort de Maurice !...

LOUISE.

Je me tairai, monsieur, je me tairai !

(Mme Blanchard paraît au dehors, accompagnée d'une paysanne, et conduite par Ratanieff. Manzaroff va au-devant d'elle, jusqu'à l'entrée de la tente.)

SCÈNE VII.

Les Mêmes, Mme BLANCHARD, une Paysanne, RATANIEFF.

RATANIEFF, à Mme Blanchard.

Voici monsieur le comte.

(Manzaroff prend Mme Blanchard par la main, la fait asseoir au milieu de la tente à gauche, et fait un signe à la paysanne qui se retire au fond, en dehors de la tente.)

Mme BLANCHARD.

Pardonnez-moi, monsieur le comte, si je n'ai pas encore eu l'honneur de me présenter devant vous... pardonnez-moi aussi de venir à une pareille heure... au milieu de votre camp... mais ce que l'on m'a dit est si étrange... si heureux, veux-je dire, que je suis partie sur-le-champ...

MANZAROFF.

Et que vous a-t-on dit, madame ?...

Mme BLANCHARD.

Eh quoi !... vous ne devinez pas à mon émotion, au tremblement de ma voix... vous ne devinez pas que je vous parle de ma fille... de ma Louise ?...

LOUISE, sur le devant de la scène, à droite, et d'une voix étouffée.

Oh ! ma mère ! ma mère !

MANZAROFF, à Louise.

Silence !...

Mme BLANCHARD.

De ma Louise que j'ai crue morte et qui existe !...

MANZAROFF.

Madame !

Mme BLANCHARD.

Oui, qui existe ! car Maurice m'a dit qu'elle était vivante, et Maurice n'a jamais menti, lui !

MANZAROFF, regardant Louise.

Ah ! c'est Maurice qui vous a dit...

(Pendant cette scène, Manzaroff doit contenir Louise et l'éloigner de sa mère jusqu'au moment où celle-ci reconnaît sa fille.)

Mme BLANCHARD.

Je veux la retrouver, entendez-vous ?... je veux que vous me conduisiez près d'elle... c'est vous qui lui défendez de me voir, sans doute... Ah ! si elle était là !... si elle entendait ma voix, si elle voyait mes larmes, mes bras tendus vers elle... croyez-vous qu'elle aurait la force de vous obéir ?... croyez-vous qu'elle pourrait garder le silence quand je lui crierais : « C'est moi, c'est ta mère !... ma fille ! ma fille ! où es-tu ? »

(Louise fait un mouvement.)

LOUISE, emportée par un élan irrésistible et s'élançant dans les bras de sa mère.

Me voilà, ma mère ! me voilà !

Mme BLANCHARD, avec un cri.

Ma fille ! Ah ! je savais bien, moi, que Maurice ne m'avait pas trompée !...

LOUISE, avec terreur.

Maurice !

MANZAROFF, à Mme Blanchard.

Vous savez la vérité, madame, vérité que je voulais vous cacher pour vous éviter la douleur d'une séparation nouvelle.

Mme BLANCHARD.

Une séparation !... que voulez-vous dire ?

MANZAROFF.

Votre fille va quitter la France pour toujours...

Mme BLANCHARD.

Quitter la France !... pourquoi ?

MANZAROFF.

Parce que le devoir d'une femme est de suivre son mari, et que votre fille est ma femme.

Mme BLANCHARD.

Votre femme ! Louise !... Non, cela n'est pas !... Ma fille n'a pu oublier que son père est mort sous les balles des Cosaques, et que vous êtes peut-être, vous, le meurtrier de son père !

LOUISE, suppliante.

Ma mère !

Mme BLANCHARD.

Non, ce n'est pas vrai, n'est-ce pas ? Cet homme a menti... tu n'es pas sa femme ? C'est impossible !

(Manzaroff fait un geste impérieux à Louise.)

LOUISE, courbant la tête.

Si, ma mère !

Mme BLANCHARD.

Eh bien ! alors, il aura employé la violence... Mais je n'ai pas donné mon consentement, moi, et ce mariage est nul !

MANZAROFF, à Louise.

Hé ! madame, dites donc à votre mère que je ne suis ni un monstre ni un tyran, et que si vous m'avez épousé, c'est tout simplement parce que vous m'aimez.

Mme BLANCHARD.

C'est vrai, cela ?

LOUISE, dominée par le regard et le geste de Manzaroff, qui lui indique la tente où est renfermé Maurice.

C'est vrai !

Mme BLANCHARD.

Ainsi, c'est volontairement, sans y être contrainte, que vous avez épousé monsieur le comte Manzaroff ?

(Manzaroff remonte et fait un pas vers la tente.)

LOUISE.

Oui, ma mère...

Mme BLANCHARD.

C'est volontairement que vous le suivez loin de votre pays, loin de votre mère ?

(Dernier geste de Manzaroff qui est alors près de l'entrée de la deuxième tente.)

LOUISE, avec effort.

Oui...

Mme BLANCHARD, se redressant.

C'est bien.

LOUISE, avec un cri.

Où allez-vous, ma mère ?

(Manzaroff redescend à l'avant-scène, à la gauche de Louise, qu'il observe toujours.)

Mme BLANCHARD, repoussant Louise.

Je n'ai plus de fille..... Adieu, monsieur le comte ; emmenez votre femme... Vous aviez raison, ma fille est morte... Ah ! cette fois, elle est bien morte !

LOUISE.

Mais vous êtes seule, ma mère !

Mme BLANCHARD.

Seule, oui !... C'est ainsi que je vivrai désormais, afin que personne ne puisse me voir rougir au souvenir de ma fille... Adieu !

LOUISE fait un mouvement pour arrêter sa mère ; mais contenue par Manzaroff, elle s'agenouille et baise en pleurant le bas de sa robe, tandis qu'elle passe auprès d'elle.) Adieu, ma mère !

(On voit madame Blanchard s'éloigner au bras de la paysanne qui l'a amenée.)

SCÈNE VIII.

MANZAROFF, LOUISE, puis RUSKOÉ.

LOUISE, poussant un cri et courant vers le fond.

Ah ! ma mère !

MANZAROFF, l'arrêtant.

Vous avez tenu votre serment, madame ; à mon tour de tenir le mien ! (Appelant) Ruskoé !

RUSKOÉ, entrant par la droite.

Maître !

MANZAROFF.

Amène ici le commandant Maurice, sans liens, sans gardes.....

RUSKOÉ.

Oui, maître...

(Il sort.)

MANZAROFF, à Louise qui veut s'éloigner.

Que faites-vous, madame?

LOUISE.

Vous n'exigez pas sans doute que je reste ici, en face de votre prisonnier!

MANZAROFF.

Il ne l'est plus, madame, et je tiens à le lui dire devant vous. Oh! j'ai aussi mon genre de probité, madame; et, dans cette circonstance, qui décide de mon sort et du vôtre, je veux que vous soyez bien convaincue de ma bonne foi.

SCÈNE IX.

LES MÊMES, RUSKOÉ, ramenant MAURICE.

MAURICE, entrant par la droite.

Que me veut-on? (Reconnaissant Louise.) Elle ici!

MANZAROFF.

Oui, monsieur Maurice, c'est ma femme qui avant de quitter la France pour la Russie où j'irai la rejoindre, a voulu vous faire ses adieux et vous prouver sa reconnaissance, en vous rendant elle-même à la liberté.

MAURICE.

Libre! moi! Et c'est Louise... [Mouvement de Manzaroff.] c'est madame... Comment! après ce que je vous ai dit? Oh! non, c'est impossible!

LOUISE, avec effort.

Soyez libre, monsieur Maurice, soyez heureux!

MAURICE, à part.

Heureux!... Oh!... (Bas, à Manzaroff.) Vous comprenez, monsieur, que je n'accepte point la liberté qu'elle m'offre par pitié et dont vous vous faites l'instrument par calcul... (Manzaroff fait un mouvement.) Pas un mot devant elle... qu'elle puisse croire jusqu'à la fin que je lui dois mon salut. Prévenez vos bourreaux, je suis prêt...

MANZAROFF, bas.

Monsieur, j'ai juré de vous offrir la liberté.

MAURICE, de même.

Et moi, je n'ai pas juré de l'accepter... Tenez, voulez-vous que je laisse une lettre pour expliquer ma détermination?

MANZAROFF.

Il y a là de l'encre et du papier.

MAURICE.

Allons donc! voilà ce que vous vouliez, n'est-ce pas?

MANZAROFF, haut.

Dans une heure vous serez libre!

MAURICE.

Oui, libre! (Suivant Louise.) Madame...

LOUISE, à part, en sortant avec Manzaroff.

Oh! que je souffre!... Mon Dieu! que je souffre!...

SCÈNE X.

MAURICE, seul.

Allons! tout est fini!... Après tout, c'était un rêve... non pas même un rêve, mais de la folie, du délire... parce qu'un beau jour le hasard me lance dans le tourbillon de l'existence de cette femme, parce que je suis l'ami de sa mère, parce que nous avons été, Louise et moi, compagnons d'enfance, je vais m'imaginer que nous sommes prédestinés l'un à l'autre; je m'arroge je ne sais quel droit sur son sort, et je prétends en disposer à mon profit... (Après un temps.) Oui, à mon profit, car il faut bien te l'avouer, pauvre fou, tu l'aimes, tu l'adores!... Si tu refuses la liberté qu'elle t'offre, c'est que tu es jaloux. Eh bien! meurs donc! et n'ayant pu la posséder, ne reste pas du moins dans un monde où elle doit appartenir à un autre!

(Il s'assied à la table et écrit. — Olga, pendant ce monologue, est entrée doucement, s'est assurée qu'elle ne pouvait être surprise, et s'est glissée près de Maurice qu'elle touche légèrement à l'épaule, en se soulevant sur la natte où elle est à moitié couchée.)

SCÈNE XI.

OLGA, MAURICE. (Toute cette scène doit se jouer à mi-voix.)

MAURICE, apercevant Olga.

Vous... toujours vous!... Que me voulez-vous encore?

OLGA, bas.

Vous sauver, si je puis.

MAURICE.

Je ne veux pas être sauvé!

OLGA, lentement.

Oui, vous voulez mourir!

MAURICE.

Je veux mourir...

OLGA.

Mais si une femme vous consacrait son existence tout entière... si elle se dévouait pour vous sauver?...

MAURICE.

Je refuserais ce dévouement.

OLGA.

Si elle vous disait: « Maurice, je n'ai aucune affection en ce » monde... je suis seule... j'ai été élevée par un maître dur et impitoyable... quand je riais on me grondait... quand je pleurais » on me frappait... si bien que mon cœur était devenu méchant; » mais vous m'avez parlé, et votre voix a suffi pour faire tomber » le voile qui couvrait mes yeux... Maurice, je me repens; Maurice, je vous offre ma vie en expiation de mes fautes! »

MAURICE.

Je refuserais; car en acceptant, j'exposerais cette femme à la vengeance de son maître.

OLGA, se levant et avec une exaltation religieuse.

Maurice!... ma mère en mourant ne m'a laissé qu'un vieux livre pour héritage... J'ai lu dans ce livre que de saintes filles marchaient à la mort le front haut, le sourire sur les lèvres, parce qu'elles étaient soutenues par la foi et par l'amour de Dieu... Eh bien, moi aussi, je puis braver tous les supplices, parce que j'ai foi dans un avenir meilleur et parce que j'aime!... (Changeant de ton, et avec énergie.) Voulez-vous être sauvé par moi?

MAURICE.

Non.

OLGA.

Non! (Avec force.) C'est que vous l'aimez, alors!

MAURICE, se levant vivement.

Qui?... de qui veux-tu parler?

OLGA.

D'elle... de Louise.

MAURICE.

Malheureuse!... tu sais donc?...

OLGA.

J'ai tout deviné!... mais cette femme n'est pas digne de votre amour... cette femme a tremblé lâchement à la voix du maître... au lieu de poignarder cet homme, elle a accepté le marché honteux par lequel il lui a vendu votre vie au prix de son obéissance.

MAURICE, avec joie.

Que dis-tu?

OLGA.

La vérité.

MAURICE.

Ainsi, c'est pour sauver ma vie qu'elle consent à épouser cet homme!... mais elle m'aime donc, alors?...

OLGA, à part.

Oh! sa joie me brise le cœur!

MAURICE, passant à gauche.

Et j'allais, en écrivant cette lettre, lui donner des armes contre moi-même... non! non!... d'ailleurs, je ne veux pas devoir la vie à Manzaroff!... Ecoute: une évasion est impossible... et, fût-elle possible, pauvre enfant, que je ne voudrais pas te tromper en te laissant un espoir qui ne se réalisera jamais... tu l'as deviné, Olga, j'aime!... et je sens que cet amour est toute ma vie.

OLGA, douloureusement.

Ah!

MAURICE, avec douceur.

Mais, veux-tu qu'en mourant, je bénisse ton nom comme celui d'un ange sauveur?... veux-tu que j'emporte de toi un souvenir aussi doux que celui d'une sœur bien-aimée?... dis, le veux-tu?

OLGA.

Parle... parle encore!... ta voix déchire mon cœur... mais, en même temps, elle le purifie!... pour obtenir un sourire de toi, je me sens capable de tous les dévouements, de tous les sacrifices!... (Avec énergie.) Parle, que veux-tu que je fasse?... commande à ton esclave!

MAURICE.

Tu es libre, tu peux arriver jusqu'à Louise... va la trouver... sois pour elle une amie dévouée, une sœur...

OLGA, se reculant vivement.

Moi !

MAURICE.

Arrache-la des mains de Manzaroff... conduis-la près de sa mère... si je vis, j'irai la rejoindre ; si je meurs, dis-lui que je suis mort avec son nom sur mes lèvres, avec son image dans mon cœur !

OLGA, avec effort.

J'irai.

MAURICE.

Merci ! merci !... Quoi que tu aies fait, Olga, je te pardonne et je t'aime !

(Il lui prend la tête dans ses mains et l'embrasse.)

OLGA, la main sur son cœur.

Il m'a embrassée !

(Elle sort rapidement par la droite.)

SCÈNE XII.

MAURICE, RUSKOÉ, amenant DURIVEAU et PANEL.

RUSKOÉ, du dehors.

Quatre soldats de plus autour de cette tente.

DURIVEAU, à Ruskoé.

Ah çà, est-ce que vous allez nous *trimbaler* longtemps comme ça ? Fusillez-nous tout de suite, et que ça finisse.

PANEL.

D'abord, je m'enrhume, moi !

RUSKOÉ.

Rassurez-vous... votre affaire sera bientôt faite. Le conseil va s'assembler de nouveau, et vous saurez à quoi vous en tenir... Allons, restez tranquilles et attendez...

SCÈNE XIII.

DURIVEAU, PANEL, MAURICE, puis KROKATCHCOFF.

DURIVEAU.

Du moment qu'on nous parle poliment et qu'il n'y a pas moyen de faire autrement... attendons patiemment... (Ruskoé sort.)

PANEL, bas.

S'il vous plaît, sergent, regardez donc là.

DURIVEAU, bas.

Le commandant ! (Toussant pour attirer l'attention de Maurice.) Hum ! hum !

PANEL, l'imitant.

Hum !

MAURICE, les reconnaissant.

Panel ! Duriveau !

KROKATCHCOFF, paraissant à la porte du fond.

Qu'y a-t-il ?...

DURIVEAU.

Rien, mon brave... Ah ! si... Auriez-vous un peu de réglisse pour mon rhume ?...

KROKATCHCOFF.

Mais, je ne me trompe pas !... c'est vous qui m'avez fait sauter à pile ou face !

DURIVEAU, gravement à Panel.

Petit, était-ce pile ou face ?

PANEL.

C'était pile, sergent.

KROKATCHCOFF.

Eh bien, vous pouvez vous vanter d'être bien gardés, et si vous nous échappez... ce ne sera pas de ma faute.

DURIVEAU.

Merci !

(Krokatchcoff reprend sa faction.)

PANEL.

Excusez, mon commandant, si nous n'allons pas vous tirer notre révérence, v'là des ficelles qui nous en empêchent.

DURIVEAU.

Je vois avec plaisir, mon commandant, que vous, du moins, vous avez encore l'usage de vos bras et de vos jambes.

MAURICE, allant à eux.

Si notre sort diffère un peu en ce moment, mes amis, dans quelques minutes, nous serons tous les trois égaux devant le supplice... Puisse du moins la même tombe contenir les corps de ceux qui auront reçu la même mort, et qui, vivants, n'avaient qu'un même cœur de soldat et de Français !

PANEL.

Commandant, ne parlez pas comme ça ! Comment voulez-vous que nous gardions le mot pour rire devant les Cosaques, si nous nous amollissons comme des femmes ?

(Maurice va s'asseoir à la table et écrit.)

DURIVEAU.

Bien dit, petit, faut pas se ramollir... Et cependant, vois-tu, le commandant a raison : il y a-z-une fin à tout... m'est avis que nous sommes bien près de passer la barque à *charron ;* par ainsi, le *ramollissement* n'est pas tout à fait hors de propos.

PANEL.

Je conviens qu'il est triste tout de même de tomber fusillé par ces chiens de Cosaques, quand on aurait pu mourir sur un champ de bataille, au bruit du canon, à l'odeur de la poudre, au cri de : Vive l'Empereur !...

DURIVEAU.

Petit, c'est le moment de battre en retraite, et d'aller retrouver là-haut les pauvres camarades de la Bérézina et de Leipzick... Et, vois-tu, garçon, s'il faut t'ouvrir le fond de mon sac... je t' dirai que je me sens tout chiffonné, parce que c'est moi qui t'ai fourré dans cette maudite affaire du café de la Victoire... Sans moi, tu serais bien tranquillement dans la cantine de Marion, ou bien tu serais allé, comme t'en avais l'intention, à Corbeil, faire guérir tes blessures par la bonne vieille femme de mère qui t'attend toujours... et qui t'attendra longtemps... nom de nom !...

PANEL, très-ému.

Oh ! que c'est bête, sergent, ce que vous dites là !...

DURIVEAU.

Merci !

PANEL.

Vous voulez donc m'ôter tout mon courage... vous voulez donc que l'on me voie pleurer en marchant au supplice... puisque vous me parlez de ma mère...

DURIVEAU.

Non, mille millions de culottes de peaux de Cosaques ! je veux que tu meures comme un brave et digne enfant que tu es. Je veux que tu meures la tête et les yeux à quinze pas et *mobile !...* mais je voudrais être sûr que tu ne m'en veux pas de t'avoir mis là dedans ?...

PANEL.

Est-ce que je vous fais des reproches, sergent ?...

DURIVEAU, très-ému.

C'est vrai... tu es un brave garçon... cré nom de nom ! c'est égal, j'ai là quelque chose qui m'étouffe et qui ne partira que quand tu m'auras dit...

PANEL.

Quoi donc, sergent ?

DURIVEAU.

Que tu me pardonnes et que... Oh ! je n'y peux plus tenir... (A Maurice qui s'est levé et qui les a écoutés avec émotion.) Monsieur Maurice, sans vous commander, embrassez-le pour moi, et je descendrai tranquillement dans la nuit du tombeau !

MAURICE.

Oh ! bien volontiers !

(Il s'élance et embrasse Panel.)

DURIVEAU.

Maintenant N-i-ni, c'est fini. Les Cosaques peuvent venir.

(A ce moment on voit Marion sortir du bois à gauche. — Elle porte une bouteille et un verre.)

SCÈNE XIV.

MAURICE, DURIVEAU, PANEL, MARION, en dehors de la tente.

MARION, fredonnant.

Au clair de la lune,
Mon ami Pierrot...

DURIVEAU, écoutant.

Cet air de mon pays!... tiens, c'est la voix de Marion!...

MARION, s'approchant du factionnaire.

Dites donc, la nuit est fraîche... voulez-vous vous réchauffer avec un petit verre d'eau-de-vie?...

RATANIEFF, rudement.

Non!...

MARION.

Ah! vous n'êtes pas aimable! moi, qui me suis dérangée exprès pour vous... oui, je vous ai reconnu... je me suis dit : ce bon monsieur Ratanieff, ma meilleure pratique, il va s'ennuyer en faction, il s'engourdira... il finira par s'endormir... et ses prisonniers lui échapperont peut-être... tenez... une goutte... oh! une larme seulement. (Elle lui verse un grand verre d'eau-de-vie, le Cosaque l'avale d'un trait. Montrant la tente.) Ah çà! qu'est-ce qu'ils ont donc fait, ces gueux-là, hein?...

RATANIEFF.

Je ne sais pas.

MARION.

Est-ce qu'on les fusillera?

RATANIEFF.

Je l'espère.

MARION.

Je voudrais bien voir leur figure à ces brigands-là...
(Elle fait un mouvement pour entrer.)

RATANIEFF, lui barrant le passage.

On ne passe pas!

(Il la repousse.)

MARION.

Ah! c'est bon. (A part.) Impossible de leur être utile!

MAURICE, écoutant.

Elle s'en va.

PANEL.

Elle n'a pas su prendre ce Cosaque!...

DURIVEAU.

Il fallait lui offrir-z-une chandelle des six!... ils aiment ça.

MARION.

Que faire, mon Dieu, que faire?... (Regardant à gauche du côté du bois.) Ah! le chien de Duriveau... pauvre bête! il finira son maître!... (Elle s'approche tout près de la coulisse de gauche et appelle à mi-voix.) Caporal... ici... Caporal!... (Le chien paraît, elle le prend et lui montre la tente.) Là, Caporal... là... ton maître!... Mais je n'ai rien pour faciliter leur évasion... pas d'arme... pas même un couteau!

OLGA, paraissant, bas à Marion.

En voici un!
(Elle lui donne un couteau dont le manche est entouré d'un billet.)

MARION.

Ah!... et ce papier roulé?...

OLGA.

Un billet pour les instruire de ce qu'ils ont à faire... fiez-vous au chien. Moi, je vais accomplir le vœu de Maurice... je vais essayer de sauver Louise.

(Elle sort.)

MARION, au chien.

Porte, Caporal, porte!

(Marion met le couteau avec le billet roulé autour, entre les dents du chien. — Celui-ci part comme un trait, entre dans la tente, puis, s'approche de son maître et se dresse pour le caresser. — Maurice aperçoit le couteau et le billet.)

MAURICE, prenant le couteau.

Un couteau!... un billet!...

DURIVEAU.

Mon commandant, sans vous commander, obtempérez-vous la faveur de nous couper ces guirlandes qui nous gênent les entournures.

(Maurice coupe les cordes et donne le couteau à Duriveau qui délivre Panel.)

DURIVEAU, se frottant les membres.

Cristi! mille milliards de baïonnettes! nous v'là-z-à moitié sauvés!

MAURICE, lisant et parlant.

Oui... c'est possible!... oui... on peut le tenter du moins...

(Écoutant.) On vient!... vite, ces cordes... (Il rassemble leurs cordes.) Rajustons-les! (les poussant) comme si vous étiez encore attachés!... là!... quant au billet, il faut le faire disparaître.

PANEL.

Dans ma bouche, mon commandant, c'est une boîte aux lettres où ils n'iront pas le chercher.

(Maurice met le billet dans la bouche de Panel.)

SCÈNE XV.

LES MÊMES, KROKATCHCOFF.

KROKATCHCOFF, à Maurice.

Le comte Manzaroff m'a chargé de vous demander deux choses : une lettre d'abord.

MAURICE.

Ensuite?

KROKATCHCOFF.

Ensuite, votre parole d'honneur de ne pas chercher à fuir.

MAURICE.

Et si je refuse?

KROKATCHCOFF.

Prenez garde, monsieur... en cas de refus, j'ai à exécuter des ordres rigoureux, cruels!...

MAURICE.

Lesquels?

KROKATCHCOFF.

J'ai l'ordre de vous faire fusiller à l'instant même.
(Pendant ce dialogue, Duriveau et Panel se sont avancés à pas de loup.)

DURIVEAU, saisissant Krokatchcoff pendant que Panel lui met un mouchoir sur la bouche pour étouffer ses cris.

Eh bien, essaie!... si tu appelles, tu es mort! (Aidé de Panel, il renverse le Cosaque sous son genou et le menace du couteau.) C'est encore moi, mon bonhomme! mais cette fois je te fais grâce... si tu es gentil.

MAURICE.

Attachez-le... (Duriveau et Panel entourent les jambes et les bras du Cosaque avec des cordes.) Et maintenant, mes amis, apprenez ce que contenait ce billet.

PANEL, montrant sa poitrine.

Il est là... mais je ne peux pas lire en dedans.

MAURICE.

On nous engage à monter sur cet arbre, à couper la tente au-dessus de nos têtes, et à suivre une grosse branche qui va se perdre dans le taillis, au delà de l'enceinte du camp... La nuit est complète... allons!
(Le Cosaque fait un mouvement. — Maurice prend un pistolet placé à la ceinture de Krokatchcoff et le place sur son front. — Le Cosaque reste immobile.)

PANEL.

Le couteau, sergent, je vais grimper le premier, je suis le plus jeune.

MAURICE.

Moi, je veille.

PANEL, essayant de grimper.

Cristi! c'est trop haut! je ne peux pas!...

DURIVEAU, regardant Krokatchcoff.

Attends... une idée!...

PANEL.

Vous avez une idée, sergent?

DURIVEAU.

Oui... prends ce Cosaque.

PANEL.

Est-ce que nous allons enlever le Cosaque, sergent?

DURIVEAU.

Imbécile!... mets-le sur son *océan*... attache-le solidement à cet arbre, dans la position que nous avions tout à l'heure... là... c'est ça... maintenant, fais le *quadrupède*... mets-toi à quatre pattes...

PANEL.

Ah! elle est drôle, votre idée... (Se mettant à quatre pattes.) M'y v'là! (Duriveau monte sur son dos.) Vous êtes lourd, sergent.
(Duriveau monte sur les épaules de Krokatchcoff, et de là, coupe la tente avec son couteau.)

PANEL, le regardant.

Ah ! je comprends !

DURIVEAU, montrant Krokatchcoff.

Voilà à quoi sert un Cosaque. (Tendant la main à Maurice.) Votre main, mon commandant.

MAURICE.

Non, je reste le dernier... Tu sais bien que c'est mon devoir... (A Panel.) Allons...

PANEL.

J'obéis... Ah ! diable ! qui est-ce qui va faire le quadrupède pour moi ? Ah ! ce pliant ! (Il prend un pliant et grimpe sur le Cosaque.)

DURIVEAU, qui est monté sur l'arbre et dont on voit la tête passer au-dessus de la tente.

Chut !

MAURICE.

Quoi donc?

DURIVEAU.

Une patrouille ! (Les trois hommes restent immobiles.)

MAURICE.

Silence !

(La patrouille passe.)

DURIVEAU, sur l'arbre. — Après un temps.

Ah ! bigre !

MAURICE.

Quoi !

DURIVEAU.

Je n'y vois pas clair... je ne sais pas de quel côté est la grosse branche.

MARION, fredonnant en dehors de la palissade.

Tournez-vous-en donc par ici,
Jean de Lira, mon bel ami...

DURIVEAU, bas.

Ah ! j'y suis... (Appelant.) Venez, venez !

(Duriveau et Panel vont atteindre l'extrémité de la branche. — Maurice se dispose à grimper à son tour.)

Tableau. — Le rideau tombe.

ACTE V.

Septième Tableau.

LE KNOUT.

La chambre de Mme Blanchard. — Grande porte au fond — Petite fenêtre à droite. — Porte à gauche. — A droite, un grand fauteuil de cuir. — A gauche, une chaise.

SCENE I.

Mme BLANCHARD, seule.

L'Empereur s'avance, dit-on... encore quelques heures, et Troyes sera délivrée !... Voilà ce qu'on m'a appris... Cette nouvelle qui devrait combler mon âme de joie, la laisse triste et découragée... c'est que mon cœur souffre trop pour être accessible à un autre sentiment que celui de la douleur. Ma fille, l'épouse de Manzaroff ! Ah ! mon pauvre Blanchard ! aurais-tu jamais pensé qu'une pareille honte viendrait ternir l'éclatante pureté de ton nom !... Si, comme moi, tu te fusses trouvé en face de la coupable, qu'aurais-tu fait, dis ? Te serais-tu contenté de l'éloigner en lui jetant ces mots pour adieu : Vous êtes morte pour moi !... Tu aurais ajouté à ce châtiment le poids terrible de ta malédiction ! Oui, n'est-ce pas ?... Eh bien ! Louise, au nom de ton père mort, je te... Ah ! je ne peux pas... non, je ne peux pas !...

(Elle retombe accablée dans son fauteuil.)

SCENE II.

Mme BLANCHARD, OLGA, LOUISE.

(Louise, en voyant sa mère, fait un mouvement pour se jeter à ses pieds. — Olga la retient et s'avance lentement vers Mme Blanchard.)

OLGA, se jetant aux genoux de Mme Blanchard.

Merci pour elle, madame.

Mme BLANCHARD.

Olga ! toi ! toujours toi !

OLGA.

Oui, moi, qui suis à vos genoux ; moi, qui attends de vous une parole de pitié... (Mme Blanchard se détourne.) Oh ! madame, vous aviez dit que vous me pardonneriez !... Pourtant, si vous saviez !...

Mme BLANCHARD.

Je sais que tout ce qui m'était cher m'a fait du mal ! Toi, je t'appelais ma fille, et tu me trahissais !... Elle, je l'implorais, comme on implore un ange qu'on croit au ciel, et elle me trahissait !

OLGA.

Moi seule, j'ai été coupable, madame, mais votre fille, ne l'accusez pas ! Comme vous, j'ai pu la méconnaître, mais à présent, je comprends toute l'étendue de son dévouement, toute la noblesse de son cœur !

(Louise lui tend les mains. — Olga les baise.)

Mme BLANCHARD.

Non, non, vous m'avez tous trompée... je ne veux pas te croire, toi, non plus... D'ailleurs, n'ai-je pas entendu ?

OLGA, passant devant Louise.

Oui ; mais vous êtes aveugle, pauvre mère, et vous n'avez pu voir Manzaroff imposant silence à sa victime... vous n'avez pu comprendre qu'un mot imprudent sorti de la bouche de votre fille était un arrêt de mort !

Mme BLANCHARD.

Pour elle ? Pour Louise ?

OLGA.

Non ; pour Maurice qui allait périr et dont votre fille a voulu racheter les jours au prix d'un mensonge, au prix de son bonheur, au prix de sa vie !

Mme BLANCHARD.

De sa vie !

OLGA.

Oui, car elle voulait mourir... et si je n'étais arrivée à temps pour l'empêcher d'accomplir ce fatal dessein, vous n'auriez plus de fille !

Mme BLANCHARD, se levant.

Louise a voulu mourir !... et j'ai pu la repousser !... et j'allais la maudire !... Viens, Olga, conduis-moi près d'elle... Je veux lui dire que je lui pardonne ; et si elle part avec ce Manzaroff... eh bien ! je la suivrai... je la consolerai... je suis toujours sa mère !... (Pendant cette scène, Louise s'est avancée doucement. Olga prend sa main et la place dans celle de sa mère.) Comme ta main tremble, Olga ! Ne crains rien, mon enfant, je te pardonne aussi ! (Elle prend la tête de Louise et va l'embrasser, lorsqu'elle s'arrête tout à coup ; sa figure exprime l'étonnement, le doute, puis la joie la plus vive.) Ce n'est pas Olga !... Oh ! mon Dieu ! mon Dieu ! est-ce une illusion ? Parle-moi... ma fille, est-ce toi ?...

LOUISE, avec un cri.

Ma mère !

Mme BLANCHARD, l'emmenant à gauche.

C'est bien toi ! Oh ! tu ne me quitteras plus à présent.

LOUISE, faisant asseoir sa mère sur la chaise et s'agenouillant devant elle.

Non, ma mère... Manzaroff m'a rendu ma parole en violant la sienne... l'infâme !... Tandis que, confiante dans son honneur, je me sacrifiais pour sauver Maurice, savez-vous ce qu'il faisait, ma mère?... Il donnait l'ordre d'exécuter celui dont il m'avait vendu si chèrement la grâce ; d'une main il recevait le prix de la rançon, de l'autre il signait un arrêt de mort !

Mme BLANCHARD.

Le misérable !

OLGA.

Heureusement je veillais, moi... Marion m'a aidée ; ensemble nous avons favorisé l'évasion du captif. A l'aide d'un couteau que je lui ai fait tenir, pour ainsi dire par miracle, il aura pu se frayer un chemin au-dessus de la tente où on le gardait, lui et ses deux compagnons.

Mme BLANCHARD.

Tu as fait cela, Olga ?

LOUISE.

Elle a fait bien plus, ma mère ! C'est elle qui m'a prévenue de la trahison de Manzaroff ; c'est elle qui m'a aidée à fuir de la maison où il me retenait prisonnière ; enfin, c'est elle qui m'a amenée dans vos bras.

OLGA.

Oui, j'ai couru chez votre fille pour lui dire : Venez avec moi, Louise. Allons nous jeter toutes les deux aux pieds de votre mère; vous, en lui criant : Ma mère, embrasse et bénis ton enfant! moi, en lui disant avec des larmes de repentir et de joie : Madame, oubliez le mal que je vous ai fait en échange de tout le bien que j'ai voulu vous faire !

Mme BLANCHARD, l'embrassant.

Olga! mon enfant!

OLGA, avec joie.

Oh! madame!

(Les deux jeunes filles sont à genoux, — Madame Blanchard les entoure de ses bras.)

LOUISE, se relevant et allant regarder par la fenêtre.

Dans une heure nous serons tous sauvés, ma mère... dans une heure nous serons libres!

Mme BLANCHARD.

Que Dieu t'entende, ma fille!

OLGA.

Mais Maurice tarde bien... mon Dieu! pourvu qu'il ne lui soit pas arrivé malheur !

(Olga s'élance vivement vers la porte du fond.—A ce moment cette porte s'ouvre. — Manzaroff, suivi de cinq ou six Cosaques, paraît sur le seuil. Sur un geste de celui-ci, plusieurs Cosaques se jettent sur Olga, la bâillonnent et l'entraînent.—Louise se retourne au bruit, et se trouve en face du Manzaroff qui est entré par le fond, tandis qu'un Cosaque entré par la petite porte de gauche, se place devant Mme Blanchard, un pistolet à la main, prêt à faire feu.)

SCÈNE III.

LES MÊMES, MANZAROFF, Cosaques.

MANZAROFF, bas, à Louise, en lui montrant le Cosaque.

Un mot, un cri, et votre mère est morte !

Mme BLANCHARD, écoutant.

Qu'y a-t-il? quel est ce bruit?

LOUISE, tremblante.

Du bruit, ma mère... Mais, je n'ai pas entendu...

Mme BLANCHARD, étendant involontairement la main du côté du pistolet.

Là... là !... Mais... il y a quelqu'un, te dis-je!

LOUISE, reculant toujours devant Manzaroff.

Ce n'est rien, ma mère... rien...

(Pendant ce dialogue, deux Cosaques se sont emparés de Louise. — Manzaroff fait un signe au Cosaque qui disparaît. Tout le monde s'éloigne à pas de loup. — La porte se referme.)

SCÈNE IV.

Mme BLANCHARD, seule.

Louise! Olga! où êtes-vous?... Personne! Qu'est-ce que cela signifie? (Écoutant.) Je ne me trompe pas... j'entends le roulement d'une voiture... Ah! mon Dieu! mon Dieu! je tremble! (Appelant.) Louise! Olga! parlez-moi donc!... (Elle étend les mains et cherche autour d'elle.) Cette chambre est vide... Elles sont parties... elles me laissent seule... Louise... ma fille!...

SCÈNE V.

Mme BLANCHARD, DURIVEAU, PANEL.

DURIVEAU, entrant par le fond.

Votre fille! enlevée par le Manzaroff!

Mme BLANCHARD.

Manzaroff!... Ah! je comprends tout. Il est venu... il m'a volé mon enfant! Et j'étais là... et je n'ai rien deviné! mon cœur n'a pu me révéler le danger qui menaçait ma fille!... Oh! je la retrouverai... j'irai... mais où irai-je, malheureuse, puisque je ne puis voir le chemin qu'ils ont pris... puisque je suis aveugle, mon Dieu, puisque je suis aveugle!...

(Elle tombe accablée sur sa chaise.)

PANEL.

Nous vous conduirions bien... mais nous avons à nous occuper du commandant, qui n'est pas libre !...

Mme BLANCHARD.

Que dites-vous?... Maurice?...

PANEL.

A été repris.

Mme BLANCHARD.

Mon Dieu! je t'ai donc bien offensé, que tu m'éprouves si cruellement !... Et comment cela s'est-il fait, dites ?

PANEL.

Eh ben, ça s'est fait que nous deux, nous étions déjà à moitié sauvés, quand une sentinelle nous a aperçus et a fait feu sur nous; l'alarme a été donnée... nous avons sauté dans le bois... nous nous sommes enfuis... mais le commandant était encore dans la tente, et...

DURIVEAU.

Et il a été repris, et tout ça nous en sommes fautifs !... Ah! je ne me l'excuserai de ma vie!

Mme BLANCHARD.

Mais que va-t-on faire de lui?

DURIVEAU.

Il est condamné-z-à mort... Ah! si je pouvais seulement savoir le lieu de l'exécution !

SCENE VI.

LES MÊMES, OLGA, MARION.

OLGA, paraissant à la porte, pâle, blessée, mourante, les vêtements en désordre, les épaules tachées de sang ; elle est soutenue par Marion.

Je le connais, moi !

TOUS.

Olga !

PANEL, allant à elle.

Mais vous êtes blessée !

MARION, la faisant asseoir sur une chaise.

Oui !... ah ! la pauvre fille, comme elle est meurtrie !

Mme BLANCHARD.

Parle, mon enfant, que t'est-il arrivé ?

OLGA.

Oh ! c'est un horrible supplice que le knout !

TOUS.

Le knout !

OLGA.

Oui. Le maître m'a accusée de trahison... il m'a condamnée à recevoir le knout.

TOUS.

Ah !

OLGA, le regard fixe et comme se parlant à elle-même.

Les bourreaux !... d'abord je les bravais... je répondais à chacun de leurs coups par un éclat de rire... puis la force m'a manqué... le cœur m'a failli... j'ai crié grâce, mais ils frappaient toujours !... j'ai tendu vers eux mes mains suppliantes... mais ils frappaient toujours !... Je me suis traînée à leurs pieds... j'ai vu un de mes bourreaux détourner la tête pour cacher une larme de pitié... mais ils frappaient toujours !

Mme BLANCHARD.

Oh ! malheureuse enfant !

OLGA, avec une joie fébrile.

Oui, ils m'ont frappée... mais pendant mon supplice, j'entendais Manzaroff donner l'ordre de conduire la voiture qui renferme Louise à la porte Saint-Jacques... et je me disais : C'est Ruskoë qui la garde, je pourrai la rejoindre peut-être et la ramener à sa mère !... Oui, ils m'ont torturée !... mais en tombant mourante et brisée à leurs pieds, j'entendais Manzaroff ordonner à mes bourreaux de fusiller Maurice dans un quart d'heure, à l'entrée du bois de Creney, et je me disais : J'aurai le temps peut-être de prévenir ses amis et de le sauver.

DURIVEAU.

Au bois de Creney !...

PANEL.

Oui, sergent.

MARION, pleurant.

Ah ! brave fille ! brave fille ! Eh ben, dans la *cosaquie*, c'est comme en France : les femmes valent mieux que les hommes !

(Coups de canon au dehors.)

PANEL.

Le canon !

DURIVEAU, avec joie.

Le brutal !... c'est donc vrai que l'Empereur marche sur Troyes !

Mme BLANCHARD.

Marion, le général Sacken est encore à l'hôtel de ville ?...

MARION.

Je pense que oui, madame Blanchard.

Mme BLANCHARD.

Tu vas me conduire près de lui !.., il est sévère pour ses officiers, dit-on, il me fera justice. Peut-être, malgré la bataille qui commence, arriverons-nous encore à temps !

MARION.

Nom d'un pompon ! c'est une fière idée que vous avez là ; venez, madame Blanchard, et si quelque Cosaque nous barre le passage, v'li ! v'lan ! J'ai ben enlevé un drapeau, j'enlèverai bien une audience !

OLGA, se levant avec effort et baisant la main de Mme Blanchard.

Allez ! allez! (A Duriveau et à Panel.) Vous, sauvez Maurice !... moi, je mourrai ou je lui rendrai celle qu'il aime !
(Elles sortent, madame Blanchard et Marion par la gauche, Olga par le fond.)

SCÈNE VII.

DURIVEAU, PANEL.

DURIVEAU,

Le sauver !... oui... mais la bataille ?... (Écoutant.) Le canon !... ah ! v'là mon cœur qui entre en danse!... Allons! n'importe, au commandant d'abord.

PANEL.

Qu'allez-vous faire, sergent ?

DURIVEAU, redescendant.

J'ai mon idée... mais je veux bien te la partager : tel que tu me vois, j'ai l'air d'un simple bon enfant... nonobstant, je suis le plus malin des malins... J'ai, comme dit l'autre, du sang diplomatique dans les veines... comprends-tu ?

PANEL.

Pas encore, sergent.

DURIVEAU.

As-tu entendu parler du fameux cheval de Troyes dont nous sommes ici dans la ville ?

PANEL.

Non. Je ne connais que le cheval des quatre fils Aymon.

DURIVEAU.

Ça n'est pas celui-là.

PANEL.

Eh ben ?

DURIVEAU.

Eh ben, mon idée, c'est que c'était un cheval de bois dans l'estomac duquel des fantassins champenois de l'époque s'étaient-z-introduits pour enfoncer les Cosaques de ce temps-là.

PANEL.

Ah ! vraiment !... mais votre idée, sergent ?

DURIVEAU.

Eh ben, mon idée... c'est exactement ça... seulement, c'est autre chose... Allons, marchons !

PANEL.

Marchons !
(Ils sortent. Changement à vue. Nuit complète jusqu'au dernier tableau.)

Huitième Tableau.

UNÉ IDÉE DU SERGENT DURIVEAU.

Une clairière au bois de Crency. — Au lever du rideau on entend le bruit du canon et une vive fusillade. — Quelques Cosaques traversent le fond du théâtre, poursuivis par des paysans, des femmes et des enfants. — Combat. — Une femme entraînée par un Cosaque résiste violemment. — Le Cosaque lève son sabre et va la frapper, lorsque Caporal se jette sur lui et le saisit à la gorge. — La femme se sauve. — Caporal roule le Cosaque jusque dans la coulisse. — Puis on le voit reparaître avec le Cosaque entre les dents. — Il traverse le théâtre et disparaît par la droite. — Le bruit de la fusillade s'éteint peu à peu. — On n'entend plus que le canon dans le lointain. — Musique grave à l'orchestre.

SCÈNE I.

MAURICE, UN OFFICIER DE COSAQUES, QUATRE COSAQUES, armés de lances, conduisant Maurice prisonnier, puis MANZAROFF.

L'OFFICIER.

Halte !

MAURICE, à l'officier.

Allons, monsieur, je suis prêt... j'attends.

MANZAROFF, entrant par la gauche.

Vous n'attendrez pas longtemps, car me voilà !

MAURICE.

Manzaroff !

MANZAROFF, aux Cosaques.

Hâtez-vous... nous n'avons pas un instant à perdre ! (A l'officier.) L'ennemi attaque la ville sur trois points différents, mais nous sommes encore maîtres de cette position, et avant de combattre, j'aurai le temps de faire justice.

MAURICE.

Tu voulais être témoin de ma mort?... Eh bien, sois satisfait... mais, du moins, j'emporte en mourant l'espoir que mes braves compagnons, dont j'entends d'ici le canon victorieux, me vengeront et la certitude que Louise est libre !

MANZAROFF.

Louise est retombée en mon pouvoir... Louise est en route pour la Russie.

MAURICE, avec douleur.

Ah !

MANZAROFF, à l'officier.

Où est le peloton chargé de l'exécution ?

L'OFFICIER, désignant un peloton de Cosaques armés de fusils qui entre par la gauche.

Le voici, sans doute.

MANZAROFF, à l'officier.

Placez le prisonnier à dix pas.
(L'officier exécute cet ordre. — Pendant ce temps le peloton s'est avancé silencieusement et s'est rangé au fond. — Les quatre Cosaques qui ont amené le prisonnier se groupent sur la droite.)

MAURICE, mettant un genou en terre. — A Manzaroff.

Vois comment sait mourir un soldat de la garde... (Aux Cosaques.) Allons, visez droit au cœur !

MANZAROFF, qui s'est placé de l'autre côté du théâtre, en face de Maurice.

Apprêtez armes!... Joue...
(Le peloton fait volte-face et tous les fusils s'abaissent du côté de Manzaroff.)

MANZAROFF.

Trahison !

DURIVEAU.

Feu !

(Manzaroff tombe frappé à mort.)

DURIVEAU, PANEL ET TOUS LEURS CAMARADES, jetant leurs bonnets et leurs barbes de Cosaques et paraissant en uniformes de l'Empire.

Vive l'Empereur !

L'OFFICIER ET LES QUATRE COSAQUES, fuyant.

Les Français ! les Français !
(Ils se sauvent à toutes jambes. — Ils sont poursuivis par trois ou quatre soldats français. — Les autres s'empressent autour de Maurice.)

MAURICE, se jetant dans les bras de Duriveau et de Panel.

Mes amis !... c'était vous !

DURIVEAU.

Eh ben, mon commandant, que dites-vous des petits paquets du sergent Duriveau ?...

SCÈNE II.

LES MÊMES, Mme BLANCHARD, LOUISE, OLGA, MARION.

Mme BLANCHARD, de la coulisse de gauche.

Maurice ! Maurice !... (Montrant Louise.) Ma fille... sauvée !

MAURICE, à Olga.

Olga, toi qui me l'as rendue... sois bénie !...
(Olga, pâle, chancelante, s'avance soutenue par Louise et par Maurice.)

MAURICE, la regardant.

Mais elle est mourante !

OLGA.

Oui !... ce dernier effort m'a brisée... (A Maurice.) Votre main ?... (à Louise) la vôtre ?... Adieu !... soyez heureux... et pensez quelquefois à la pauvre esclave qui meurt pour vous !... (Elle meurt.)

MAURICE.

Morte !

Mme BLANCHARD.

C'était un noble cœur, et nous prierons Dieu pour elle, Maurice !

(Les deux femmes s'agenouillent. — On entend de nombreuses détonations et les cris de Vive l'Empereur ! Panel et Duriveau reviennent en grand uniforme.)

Neuvième Tableau.

LA PRISE DE TROYES.

Changement à vue. — La toile du fond s'enlève et découvre le panorama de la ville de Troyes, éclairé par le soleil levant. — L'Empereur, à cheval, entouré d'une escorte, s'avance par la coulisse de droite. — Au même instant, une foule nombreuse sort de la ville, se précipite vers lui avec des cris de joie et l'entoure de toutes parts. — Des bourgeois, des femmes, des enfants sont groupés sur les remparts et sur la porte. — Les soldats agitent les drapeaux, les tambours battent aux champs. — On entend au lointain le bruit du canon et celui de la fusillade — Sur le devant du théâtre, Maurice, madame Blanchard, Louise et Olga forment un groupe — Duriveau, Panel et Marion en forment un autre. Le rideau baisse aux cris de : Vive l'Empereur.)

FIN.

LE RETOUR DU SOLDAT [1]

Paroles de MM. ALPH. ARNAULT et LOUIS JUDICIS

MUSIQUE DE M. FOSSEY.

I.

Pauvre soldat prisonnier des barbares,
La joie au cœur, je reviens au pays,
Quand j'aperçois des hordes de Barbares
Fouler nos champs sous leurs pieds ennemis ;
Quoi ! sans pudeur vous courez à la danse !
Ah ! brisez-moi, musette et violon !...
Quand l'étranger ose envahir la France,
Il faut danser à la voix du canon !

II.

De leurs revers, comme de notre gloire,
Pendant vingt ans ils ont porté le deuil ;
La trahison leur donna la victoire,
Et leur surprise ajoute à notre orgueil.
Ah ! jusqu'au jour de notre délivrance,
Pour eux, Français, ni pitié ! ni pardon !
Quand l'étranger ose envahir la France,
Il faut danser à la voix du canon !

III.

Quel est ce bruit qui frappe mon oreille ?
Entendez-vous ?... c'est le cri du combat !
En avant tous !... la France se réveille !
Chaque sillon va produire un soldat !
Femmes, enfants, tout s'arme, tout s'élance,
Fourche et fusil, pour tuer tout est bon !
Quand l'étranger ose envahir la France,
Il faut danser à la voix du canon !

(1) Voir la note de la page 19.

Paris.—Typographie de Mme Ve Dondey-Dupré, rue Saint-Louis, 46, au Marais.